JN124327

魔術の果てを
求める
The Great Wizard Seeking
the End of Wizardry
大魔術師
～魔道を極めた俺が三百年後の技術革新を
期待して転生したら、
哀しくなるほど退化していた……～
福山松江
イラスト Genyaky

「カイ＝レキウスが来るぞ、
カイ＝レキウスが来るぞ♪」
「おまえをとって喰らいに、
カイ＝レキウスがやって来るぞ♪」

大通りを疾走する無数の狼、
空を覆いつくす無数のコウモリたちを
見送りながら、
レレイシャは楽しげに歌い続ける。

「さすがに妬ける光景でございますわ、我が君」
「このジェニの血をもっとご所望くださいっ、陛下っ」

「せっかくだ、飲み比べと洒落込もうではないか」

「サイアク！　サイアク！　サイアク！」

カイ＝レキウス
三百年前、一代で大陸を平定した覇王。
魔術を心底から愛し、深淵を極めようと志す、
最強の魔術師でもある。
無限に魔術の研究をするために、
永遠不滅の存在である
吸血鬼の真祖に転生した。
レレイシャ
三百年前、カイ＝レキウスが
自らの従者として造り出した
魔術人形の最高傑作。
化物じみた戦闘力を持ち、
また身の回りの世話を
させたらどんなメイドも敵わない。

ジェニ
エルフ族の女騎士。
腐り果てたヴァスタラスク帝国に仕えつつも、
かつてのカイ＝レキウスのような、
大陸に正義と秩序をもたらす名君が現れ、
ともに帝国を打倒することを夢見ている。
ローザ
天才的な剣の素質を持つ女騎士。
エリート中のエリートにしかなれない
皇帝騎士に十代で選ばれた。
高潔且つ理想が高く、
立派な騎士になることを夢見て、
日夜努力を続けている。

CONTENTS

The Great Wizard Seeking the End of Wizardry

魔術の果てを求める大魔術師

The Great Wizard Seeking the End of Wizardry

～魔道を極めた俺が三百年後の技術革新を
期待して転生したら、
哀しくなるほど退化していた……～

福山松江　イラスト Genyaky

プロローグ

世に、自制心を失くした王ほど、害悪なるものはない。

今の俺——カイ＝レキウスがまさにそうだ。

なすべき執務を放り捨てて、淫蕩に耽っていた。

王の地位に目が眩んだだけの、心の通わぬ女どもと褥をともにするのだ。

空虚なまでに広々とした寝室には、紫煙が妖しくくゆっている。

俺自身が法で使用を禁じた麻薬を焚いていた。より堕落的な快楽を追求するために。

けらけら。けらけら。

タガの外れたような、女どもの笑声と嬌声が木霊する。

ガラスの如く美しいだけで中身がない彼女らを、俺は平等なまでの無感動さで愛してやる。

と——

笑声と嬌声の中に、武骨な足音が混ざった。

重甲冑をまとった禁士たちが、およそ二十人。ズカズカと寝室に乱入してきた。

連中を率い、先頭に立つ若き美青年は、俺の異母弟だった。

名はアル＝シオン。

歳は俺と一つ違いの二十六。

腹は違えど、俺とそっくりだと評判の容貌に、隠せぬ怒りの色を浮かべ、睨んでくる。

俺は素っ裸のまま、広いベッドの上にあぐらをかき、美女を侍らせたまま相対する。

アルは禁士たちとともに一斉にひざまずくと、まるで謁見中のように奏上する。

「陛下。我が兄上にして、至尊なるカイ＝レキウス陛下。魔術の階梯を極めし御方。禁軍百万を統べ、同時にその頂点に立つ最強術者。一代にして大陸を平定せし覇者。九道二百四十一州を掌にする絶対支配者——」

「どうした、我が弟よ？　妙に畏まった口上だな？」

「——偉大などという言葉程度では到底言い表すことのできないその御身が、これはいったいなんの真似ですか、カイ＝レキウス陛下？」

思い詰めた顔で、押し殺した声で、アルが問い詰めてくる。

返答次第ではただではおかないという意思を、隠そうともしない。

肩が全身が小刻みに震えている。甲冑の継ぎ目がこすれて鳴る。

だが、俺はたわむれるように答えた。

「大陸平定の暁には思う存分、魔術の研鑽に打ち込むつもりだと、言っておいたはずだぞ？」

「この乱行の、どこが魔術の研鑽ですか！」

とうとうアルは激昂し、怒鳴り散らした。

「どうか正気に戻ってください、兄上！　世の民には——いえ、臣下の中にすら、あなたのことを流血王だとか凶王だとか、心無い批難をする者たちがおります。敬いを通り越して畏れる者たちの数は、それに十倍するでしょう。ですが、この私は知っております！　兄上は戦乱の世を平定し、天下万民に争いのない世界を与えるために、敢えて心を鬼にしてきただけだと。決して血に酔い、虐殺してきたわけではないと」

「ははは！　すまん、すまん！　それらは皆余の演技だ。本当はこうして権力をほしいままにし、ありとあらゆる享楽を貪るため、世界征服を企んだにすぎん」

　俺は裸の腹を揺すって、呵々大笑した。

　たちまち女どもがお追従で、けらけらと笑い出す。

「嘘だ！　そんな話、信じられるものか！」

「わかるぞ、弟よ。だまされていた人間は見栄が邪魔し、すぐには認められぬものだ」

「兄上ええええ！」

　アルが立ち上がると同時に絶叫した。

　頼むから嘘だと言って欲しい——そんな哀願のこもった、悲痛な叫びだった。

　俺は見せつけるように、美女たちとのたわむれを再開した。

「……それがあなたの御返答か」

　低く、唸るような声で、アルが言う。

　震える手が、ついに腰の佩刀に伸びる。

「斬るかね？　この余を」

「我が国は、未だ大陸統一をなしたばかり。盤石には程遠く、暗君が暴政をなせば、いつ分裂の憂き目に遭ってもおかしくない。再び群雄割拠の世に戻れば、なんのために今まで莫大な血を流してきたのか、意味がなくなってしまう！」

「口で語るのがおまえの覚悟か？　アル？」

「お覚悟召されるのは、あなたの方だ！　兄上！」

アルの手の震えが止まった。

かと思えば、一息に腰の剣を抜き放つ。

白刃が、室内を照らす魔術灯を反射し、閃いた。

女どもが悲鳴を上げ、蜘蛛の子を散らすように逃げ去った。

俺一人が泰然と、ベッドの上であぐらをかいていた。

「あああああああああああああああ！」

アルの喉から雄叫びがほとばしる。

それは、魔術王たる俺に挑むための気炎か。

あるいは、兄殺しを為すことへの無意識の悲嘆か。

どちらにせよ、アルの突撃に迷いはなく、俺の心臓を狙った刺突は鋭かった。

見事、一突きに刺し貫いてみせた。

「なぜ……避けるなり、魔術で抗うなり、なさらないのですか……兄上……っ」

「俺が当代随一の魔術師なら、おまえは大陸最強の戦士だ。この距離なら、おまえのものだよ」

俺は口から血を溢れさせながらも、笑顔になって答えた。

暗君を装うための悪辣な笑みではなく、肉親へ向けるための屈託のない笑みだ。

「兄上！　やはりあなたは！」

「この国は――ヴァスタラスク統一王国はもうおまえのものだ。後は任せたぞ。アル＝シオン」

俺は薄れゆく意識の中、告げねばならぬその言葉を、弟に告げた。

禁士たちがしかと耳をそばだたせる前で、明瞭に宣言した。


戦乱の世を勝ち抜くため、俺は兵や民を殺しすぎた。

多くの部下を統御するため、恐怖を以って支配した。

今さら仁君ぶるには、俺が積み重ねた業はあまりに重すぎた。

全ては天下泰平のためだと訴えたところで、何人が耳を貸してくれるだろうか？

アルのように聡明で、他人をよく理解できる者ばかりなら、そもそも戦乱の世など来ない。

ゆえに俺は流血王の悪名ごと、ここで斃れることにする。

そして、アルが真の仁君として、この大陸を統治するのだ！

アルの世間評は、俺とは真逆。

将軍としては寛大を知り、宰相としては仁愛を知ると、誰もがそう思っている。

思うように、俺が仕向けた。大陸統一のためには避けられない汚泥など、俺が一人で呑めばよい話。

生来優しいこの弟の手が、可能な限り汚れぬようにと、ずっと気を配ってきた。

全てはこの王権譲渡劇のため、最初から計画していたのだ。

はは。

泣くなよ、アル。

確かに俺だって、おまえと別れるのは寂しい。

だけど、笑って送り出して欲しいんだ。

確かに俺はここで死ぬが、俺の魂まで滅びるわけじゃない。

魔術の秘奥と儀式を用いて、生まれ変わる準備ができているんだ。

俺は不老不死不滅の吸血鬼（ヴァンパイア）となって、今度こそ自由気ままに、魔術の階梯を登り詰めていくつもりだ。

な？

誰よりも魔術を愛する俺にとって、これほど楽しく、これほど幸せなこともないだろ？

だから、泣かないでくれ。

だから、笑って看取（みと）ってくれ。

ああ、クソ。畜生。

そういう俺が泣いていたら、世話はないか。

ははは――

第一章　転生――三百年後の世界

夢すら見ない、永い眠りだった。

俺は確かに一度死んだのだと、そう理解させられるような。

しかし俺は転生に成功した。

人の身を捨て、吸血鬼の真祖(トゥルーブラッド)として蘇(よみがえ)った。

ゆえに、死にも似た永き眠りから、目覚めることができた。


棺桶(かんおけ)の中に横たわっていた俺は、重い音を立てて蓋を開ける。

ゆっくりと上体を起こし、手を開いたりにぎったりして調子を確かめる。

ヴァンパイアとなった今――俺の身体能力は、生前とは比べ物にならないはずだ。

常人を遥(はる)かに凌駕(りょうが)しているはずだ。

だから身体感覚の落差なりなんなりを感じるかと想像していたが、今のところ違和感ゼロ。

いや……。

生前にはあり得なかった感覚があるな。

例えば、この視覚だ。

棺桶の中から蘇った俺は、灯(あか)り一つない密室にいた。

にもかかわらず、俺の目は部屋の中の様相をありありと捉えている。

どれだけ階梯(かいてい)の高い魔術師であろうと、生身で闇を見通すことはできない。

ところがヴァンパイアに生まれ変わった俺は、完全な暗視能力を体得していた。

この棺(ひつぎ)の間は床が石畳で、壁も切り出した石を積んで造った殺風景な部屋だ。

明かりとりの窓もなく、温度は低く湿度は高い。

人の身であれば、肌寒さに震えただろう。

しかし、今の俺はこの環境を心地よく感じるようになっていた。

これもまた吸血鬼となったことによる感覚の変化だ。

「面白い。他にも試してみるか」

俺は立ち上がって、棺桶を抜け出る。

そして、たわむれに天井へ向けて、垂直跳びをしてみる。

「ほう！」

五メートルはあろう高い天井に、楽々タッチできた。

というか手をつかなかったら、頭をぶつけてしまうところだった。

助走もなく、その場でただジャンプするだけで、この跳躍力。

常人を凌駕する、ヴァンパイアの身体能力の証左である。

俺はこの新たな肉体のポテンシャルを、徹底的に確かめることにした。

広いはずの棺の間を所狭しと、飛んだり跳ねたり、あるいは虚空に向かって拳や蹴りを打ち放ったりと、一つ一つその身体能力をテストする。

ははは！　ただ体を動かすだけのことが、こんなにも面白いとはな。

童心に帰るとはまさにこのことだ。

たわむれに、堅牢（けんろう）な石壁を殴りつける。

その威力で壁の一部が爆散するほどだった。

にもかかわらず、俺の拳にはかすり傷一つついていない。

そして、重く大きな打撃音が鳴り響いた。


それが呼び水となったのだろう。

しばらくして、部屋の外から足音がやってくるのが聞こえる。

分厚い黒檀（こくたん）製扉の向こうのその小さな音を、ヴァンパイアの聴力はしかと捉えたのだ。

やがて出入り口の大扉が、恭しくノックされた。

「入れ」

俺は鷹揚（おうよう）に命じる。

すると蝶番（ちょうつがい）を軋（きし）ませながら、大扉が丁重に押し開かれる。

姿を見せたのは、美女だった。

宝石のように艶のある蒼髪（そうはつ）。

楚々(そそ)たるデザインの純白のドレス。しかしそれでいて、肩や胸元周りは大胆に露出しており、彼女の乳房の形のよさを引き立たせている。

そして、大人びた表情を湛(たた)えるその容色は、完璧なまでに整っていた。

まさに「人ならざる美貌」というやつだが、それも当然。

彼女は俺が手ずから造り上げた、魔術人形(サーヴァント)なのだ。

「お目覚めの気配を察知し、御前に罷(まか)り越しました。このレレイシャ、我が君のご転生を心よりお慶び申し上げます」

「大儀」

ひざまずいた彼女――レレイシャに、俺はねぎらいの言葉をかける。

「我が棺を守る永の任、真にご苦労だった」

「ありがたきお言葉。ですが――」

口調も態度も畏(かしこ)まっていたレレイシャが、そこで「ふふっ」と微笑むとともに砕けさせ、

「――陛下の可愛い寝顔を毎日眺めることができて、役得でございましたわ」

「ははっ、おどけるな！　相変わらず、口の減らん奴(やつ)だな」

「いえいえ、おどけるなどと決して。これをご覧になれば、きっとご理解いただけますわ」

レレイシャは含み笑いのまま、首尾よく用意していたらしい手鏡を俺に差し向けた。

しかも真実を映し出す効能を持った魔法の鏡だ。本来は映らないヴァンパイアでも、これなら姿見として使うことができる。

「自分の顔など、とうに見飽いているがなあ」

忠実な従者の意図が酌めず、俺はぼやきながらもレレイシャの言う通りにした。

生前、二十七歳だった俺は「よく言えば不敵で精悍な面構え」「悪く言えばオレサマ系の残念ハンサム」だなどとアルにからかわれたものだった。だから今鏡に映るのも、当然その顔のはずだった。

ところがびっくりだ。

真実の鏡に映っていたのは、まだ十五、六のころの俺の姿だったのだ。

背丈こそ既にちゃんとあるが、まだ幼さの抜け切らない童顔だったのだ……。

「これはいったい……」

俺はしばし絶句させられる。

だが、すぐに原因に思い至る。

「真祖となった今の俺は、絶頂期の肉体を持って転生するはずだ。それがこの幼い——いや、若々しい姿ということか」

「確かに若さとは生命力の発露ともいえますものね」

レレイシャも同意し、俺はこの状況を呑み込むことにした。

想定と違ったが、見た目が若返ったからといって何か不都合があるわけでもないしな。

「どうでしょう、我が君？　私が『可愛い寝顔』と申し上げたのも、決して戯言ではございませんでしょう？」

とレレイシャにからかわれるのが、いささか不本意だが……。

「たわけ。主を揶揄（やゆ）する従者がいるかよ」

「ですがそのように私をお造りになられたのは、あなた様ですもの。造物主（わがきみ）？」

「フン、これは一本とられた」

俺は鼻を鳴らしつつ、その実、この他愛のない談笑を楽しんでいた。

この心地に、今の俺は飢えていたらしい。

そう、ひどく懐かしさすら覚えていたのである。

どうにも不思議な感覚だ。

俺が人としての生を終え、吸血鬼として転生するまでずっと夢も見ないまどろみの中にいた。

ゆえにアルに刺されたあの記憶が、つい先ほどのことにも、遠い昔のことにも思えるのだ。

「俺が死んで、どれくらいが経った、レレイシャ？」

「ぴたり十万日でございますわ、我が君」

「そこは正確なのか！　この俺といえど、さすがに多少の誤差は出るかと思ったが、一日もずれずか」

「お健やかなるご転生、真におめでとうございます」

レレイシャがまるで我がことのように、喜色を浮かべた。

十万日――あれからおよそ二百七十四年の歳月が、経過したわけだ。

実感はほとんどないがな。

俺が転生するのにそれだけ途方もない時間をかけ、大儀式としたのには理由がある。

同じ吸血鬼に転生するのにも、劣等種（レッサー）や通常種（ノーマル）に生まれ変わるのなど、論外。

貴族種や王侯種でもつまらん。

永劫の寿命と全き不死性を持つ吸血鬼の真祖にならねば、魔術の階梯の果ての果てまで登り詰めることなど到底、望めぬ。

そして、真祖として生まれ変わるためには長い年月をかけて、天地に遍く霊力を集積し、新たな肉体を構築する必要があったというわけだ。

「しかし、十万日か……。レレイシャよ、それだけの歳月、よくぞ俺の眠りを守り通してくれた。褒美をやろう。なんなりと言うがよい」

「あら？　なんでもよろしいのですか？」

「カイ＝レキウスに二言を言わせるか？」

「失礼をいたしました。それでは、御言葉に甘えて頂戴いたしますわ」

レレイシャはそう言うなり、大胆な行動に出た。

いきなり、跳びつくような勢いで俺に抱きついてきたのだ。

幼子がしがみつくような必死さで、抱き締めてきたのだ。

そして震える声で――嗚咽を押し殺した声で訴えた。

「我が君のお目覚めをずっと、ずっと一日千秋の想いで待ちわびておりましたわ……！」

俺の体を痛いくらいに抱き締めてくる、レレイシャ。

震えの収まらない、彼女の華奢な肩。

「すまん。許せ」

俺も彼女を抱き締めてやった。

するとようやく、レレイシャの震えが止まる。

とろけるように体重を預けてくる。

人と寸分変わらぬ、柔らかくて温かい、レレイシャの肢体。抱き心地。

ヴァンパイアとなっても、その快さをちゃんと感じることができる自分に、俺もまた深い安堵(あんど)と満足を覚えた。

レレイシャと抱き合うことしばし。

俺は次第に、なんとも気まずい感覚を覚えていた。

空腹だ。

抱き合い、間近に見下ろせるレレイシャのうなじから、得も言われぬ匂いがする。

純然たる香水の薫り――魔術人形(サーヴァント)のレレイシャは食事も排泄(はいせつ)も必要とせず、老化も新陳代謝もせず、ゆえに体臭はほとんどない。

にもかかわらず、約三百年にも及ぶ転生を果たしたばかりの俺は、柑橘系(かんきつけい)のその匂いに食欲を覚えてしまったのだ。

「私の血を召し上がりますか、我が君？」

俺の視線に気づいたらしいレレイシャが、おどけるように言った。

同時に自ら髪をかき上げ、真っ白なうなじをさらし、俺が噛（か）みつきやすいようにと首を傾（かし）げて、差し出した。

これが吸血鬼の本能というものか――うなじにむしゃぶりつきたくなる衝動を、俺は自制して笑う。

「バカを申せ。おまえの血では腹の足しにならんわ」

「あら、残念」

レレイシャもいたずらっ子のようにほくそ笑んだ。

魔術人形（サーヴァント）たる彼女の全身に流れているのは、人の血に似て非なる、魔術で精製した霊液（エーテル）だ。

肉食動物が野菜を消化できないように、ヴァンパイアの俺がそれを吸っても飢えは癒えない。

「真面目な話、お食事の用意ができておりますわ、我が君」

「ほう。さすが周到なことだな」

「予定では、そろそろお目覚めの頃合いでしたので。さ、こちらに」

俺はレレイシャの案内で、棺の間の外へと出た。

およそ三百年ぶりに。

吸血鬼の真祖（トゥルーブラッド）に転生するためには、途方もない歳月がかかる。

ゆえにその間、俺が安心して眠りにつくための揺り籠が必要となる。

よって生前、統一王だった俺はこの地に、密かに城を用意した。

大陸の西端で発見した、地下の大空洞。

そこでまず大量の建設用ゴーレムを派遣し、小城を建築させたのだ。

名は常闇宮（アビスパレス）と銘打った。

しかし……当時は殺風景だったはずの城内が、目覚めてみれば、豪華絢爛（ごうかけんらん）な調度品の数々で彩られている。

目が痛くなる極彩色の絨毯（じゅうたん）。

頭が痛くなる奇怪な意匠の石像。

股間が痛くなる煽情（せんじょう）的な裸婦画。

まさかレレイシャの趣味なのだろうか……？

「我が君の新たな城に相応（ふさわ）しい、豪奢（ごうしゃ）な内装にさせていただきました」

「お、おう」

この三百年の間に、せっせとそろえたらしい。

その様を想像すると、ちょっと面白い。

「それではこちらで、しばしお待ちくださいませ」

レレイシャが恭しく一礼し、一旦辞す。

俺は貴賓室と呼んでも差し支えのない、華美絢爛な談話室（サロン）で、ソファに腰かけて悠揚と待つ。

しかしクッションの効いた、素晴らしく座り心地のよいソファである。

三百年前、統一王たる俺の城にもなかったほどの逸品だ。

あるいはこれが、「現代」の通常品なのかもしれないな。

三百年も経てば、文明もそれなりに進んでいるだろう。

いや……俺が人として生きた時代は、地獄のような終わりなき戦乱の世であった。ほぼ全ての文明、技術、叡智、情熱は、戦に勝つことばかりに注がれていた。

当然のこと娯楽品や嗜好品、芸術品の類は軽視された。そこに目を向ける余力はなかった。

してみると、「座り心地の良い椅子」というものが生まれてくる余力が、今の時代にはあるのかもしれない。

俺の目には奇怪に映るこの石像群や、常識を疑う煽情的な裸婦画も、それだけ文化が成熟した証なのかもしれない。

うん、いいではないか！

それでこそ俺とアルが、何もかもを犠牲にしてまで、戦乱の世を終わらせた意義がある。

「――そう思えば、このタコとイカがからみ合っているようにしか見えぬオブジェも、好ましく思えてくるな。うん、なかなかに味があるではないか」

「ふふ、完全百パーセント私の趣味なのですけど、我が君のお気に召したようで何よりですわ。こちらのお食事の方もご満足いただければ、よいのですけれど」

戻ってきたレレイシャが、俺の独り言をひろって言った。

「……デアルカ。なかなか良い趣味をしているではないか……なかなか……」

俺は憮然(ぶぜん)となって相槌(あいづち)を打つ。

同時にレレイシャの方へ目を向ければ、年端もいかぬ少女を連れてきていた。

おどおどとレレイシャの陰に隠れるその娘を、俺は観察する。

将来は美人になるだろうことを嘱望させる、可憐(かれん)な少女だ。

歳は十かそこらか。

短く刈りそろえた黒髪。

よく日に焼けた肌は、いかにも純朴そうな物腰と相まって、どこかの村娘だろうことを教えてくれる。磨けば、将来は透き通るように白い肌となるだろうがな。

侍女のお仕着せを「がんばって着ました！」みたいな、なんとも可愛らしいメイドさんだ。


そして、吸血鬼となった俺の食事でもある。


「娘よ。名はなんという？」

レレイシャの陰に隠れる少女に向かい、俺は訊(たず)ねる。

緊張を解きほぐしてやろうと、なるべく優しい声音になるよう努めた。

「ミ、ミミ、ミルと申しっ、申します……っ」

少女は半泣きになって、引きつった声で答えた。

……昔から無意味に怖がられるんだよな。俺。

だから「流血王」になるしかなかったというか恐怖政治を敷くしかなかったというか。

まあよい。

「ミルよ。これから俺がおまえに何をしようとしているか、理解はできているのか？」

「は、はいっ。レレイシャ様から、ちゃんと説明していただきましたっ」

怯（おび）えながらも、しっかりと受け答えするミル。

言葉遣いも十歳前後とは思えないほど適切なものだし、レレイシャの教育の賜物か。

「レレイシャのことを、慕っている様子だな？」

「は、はいっ。わたしの命の恩人ですっ」

「ほう？」

どういうことかと、俺はレレイシャに目で問う。

「このミルは難民で、集団での旅の途中で母親と生き別れてしまったところ、不埒（ふらち）な男どもに乱暴されそうになっていたのです」

レレイシャはつい先日、この常闇宮（アビスパレス）周辺の哨戒（しょうかい）をしていた時に、その現場を発見。男どもを腕力で排除して、ミルを保護したのだという。

「最初は我が君のお目覚めに備えてと思っておりましたが、試しにメイドの仕事を仕込んだところ、呑み込みがいいし、何より真面目で働き者なので、可愛がっております」

「おまえの理屈はそうだろうがな」

肝心のミルの気持ちはどうなのだと、今度は少女に目を向ける。

「れ、レレイシャ様は、お腹を空かせていたわたしに、たくさん食べさせてくださいましたっ。そ、そして今は、ご主人様が空腹だと聞きましたっ。わ、わたしがご恩返しする番ですっ」

「ふむ。健気なことよな」

レレイシャが気に入ったのもわかる。

「安心せよ。別に吸い尽くしたりはせぬ。真祖ともなれば、少量で事足りるのだ」

「ほら、ミル。我が君の元へ」

「は、はいっ、レレイシャ様っ。ご主人様っ」

ミルがおずおずとレレイシャの陰から出てくると、おっかなびっくり傍までできた。

小さな全身を小刻みに震わせながらも、華奢なうなじを差し出すように首を傾げる。

髪を短く切りそろえているのは、メイド仕事の邪魔にならぬようにという意味の他、俺が牙を立てやすいようにという、レレイシャの配慮かもしれない。

「恐いか？」

「は、はいっ」

ミルは涙目になって答えた。

気丈で、芯は強い娘だと俺は思った。

真の勇気の持ち主とは、恐怖を覚えぬ者ではなく、恐怖に震えながらもなすべきことがなせる者なのだから。

「許せ。なるべく優しくする」

「安心なさい、ミル。痛いのは最初だけだそうですよ」

「だ、大丈夫です。覚悟はできてますっ」

ミルはぎゅっと目をつむった。

これ以上長く恐怖を味わわせないためにも、俺は少女の華奢なうなじへ一息に嚙みついた。

ヴァンパイアに生まれ変わることで得た二本の牙を、少女の柔らかな肌へ突き立てた。

「はうっ……」

というミルの、軽い痛みに耐える吐息。

「羨ましいわ、ミル。我が君の、初めてのお情けをいただけるなんて」

というレレイシャの、半ば本気、半ば冗談めかした台詞。

俺は無視してミルの血を一口啜る。

「むう……！」

俺としたことが思わず唸ってしまった。

てっきり生臭かったり鉄錆臭いのだろうと、思い込んでいた。

俺の方こそ実は、吸血という行為に覚悟していた。

ところだ、どうだ？

ミルの血はまるで搾りたての牛の乳のように、鮮烈で濃厚な甘みを俺の舌に乗せた。

生臭いなどとんでもない！

大陸の覇者たる俺が未だ味わったことのない、極上の美味であった。

しばし夢中になって啜ってしまう。

一方、ミルはといえば、次第に呼吸を荒げていた。

痛みに耐えている――というのとは、違う。

逆だ。

ミルの口から漏れる吐息が、甘く妖しい色を帯びていた。

年端もいかぬ少女が、まるで情事に喘ぐ大人の女のような声を出しているのだ。

実際、ミルの顔はすっかり上気し、目がとろんとなっていた。

切なそうに内股をこすり合わせていた。

ヴァンパイアの伝承にいう、魅了の力の仕業である。

相手が異性の場合、吸血行為によって情欲を強く掻き立て、めくるめく官能をもたらすのだ。

それは対象がミルのような、いとけない少女であっても例外ではないらしい。

「あらあら、ミルったら。すっかり女の顔にさせられてしまいましたね。羨ましい」

傍から眺めるレレイシャが、またおどけたことを言う。

だが、ミルにはもう聞こえていない。

「ご主人様……ご主人サマぁ……。お願いです……もっと、もっと吸って……ぇ」

夢中になって俺にすがりつき、幼い体をこすりつけて哀願する。

俺はその要望に応え、ひときわ強く血を啜る。

たちまちミルは背筋を反らせ、痙攣させる。

俺はさらに、じゅるじゅると音を立てて啜り上げる。

それで男も知らないだろう少女が、言葉にならない嬌声を叫んだ。

まるで天にも昇る心地を味わったかのように、法悦の顔で気を失った。


食事の後、俺はソファで軽い自己嫌悪に浸っていた。

レレイシャは対照的に、ニヤニヤと人の悪い笑みを浮かべながら、

「さすがは我が君です。まだ十歳の生娘を、一瞬で女に変えてしまうとは」

「……ミルはどうしている？」

「ベッドに寝かしつけておきました。とても満ち足りた様子で休んでおりますわ」

「だといいが……」

無垢な幼女を毒牙にかけてしまったというか、イケナイことを教えてしまったのではないかと思うと、さすがに疚しい気持ちがもたげてくる。

「……吸血行為に快感が伴うことは、知識として理解していたがな。まさかこれほどとはな」

同じ魅了の力でも、有象無象の吸血鬼と真祖のそれでは次元が違うということか。

俺が憮然となっていると、レレイシャが執り成すような、からかうような、相半ばの口調で、

「我が君はお腹いっぱいで幸せ、お相手は気持ちよくて幸せ、素晴らしいことではございませんか」

「フン。満腹か」

俺は自分の両手を見下ろす。

魔術師としての目を凝らせば、そこから強い霊力が溢れ、炎のように揺らめいている様が見える。

他人の血を吸うことで、霊力を高めることができる、ヴァンパイアの利点だ。

「なるほど、ミルに関しては割り切らせてもらうとしよう」

そして付け加えるならば、

「次は割り切らずともよい相手の血を、心ゆくまで吸ってみたいものだな」

ミルの血はすこぶる美味であった。

では他の者は？

やはり美味いのか。あるいは個人差があるのか。後者の場合、フレーバーの違いもあるのか。

クク。想像するだけで、またかすかに渇きを覚えるではないか。


俺は決して禁欲主義者ではない。

美女も美食も、遊興も快楽も、皆愛してやまぬ。

前世においても為政者の責務を果たした上で、且つ節度を失わない範囲で堪能していた（晩年、愚王を演じるため、アルに俺を討たせるため、退廃的な享楽に耽ったあの日々はさすがにやりすぎだと、自覚した上での敢えての所業だ）。

だから、まだ知らぬ美味を――血を求めるのも当然の話だった。

まして今の俺は、為政者の責務からも解放されたのだからな！

「よし――少しつき合えレレイシャ」

「御意ですわ。して、次は何をなさいますか、我が君？　吸血以外の方法で、私を女に変えてみますか？　いくらでもおつき合いいたしますわよ？」

「冗談を申すな。外に出るぞ」

そして三百年後の世の中を、ゆるりと見物するのだ。

未知の美味が見つかることも期待して、な。

常闇宮(アビスパレス)のある地下大空洞を、レレイシャを伴って抜け出た俺は、三百年ぶりに陽光を浴びた。

暦は八月。時刻は正午すぎ。

一年で最も太陽が活動する時季であろうが、俺は平気な顔で歩みを続けた。

「さすが真祖ともなると、太陽如(ごと)きでは御身を害することはできないのですね」

それまで内心不安げだったレレイシャが、ホッと胸を撫(な)で下ろす。

「心地よくはないがな。別に我慢できないほどでもない」

これが劣等種(レッサーヴァンパイア)の吸血鬼や通常種(ノーマル)なら、陽光を浴びた途端に炎で炙(あぶ)られるような火傷を負うだろうがな。

「銀製の武器に弱い。流れる水を越えられない。心臓に杭を打たれると復活できない――吸血鬼にまつわる諸々の弱点は、真祖たる俺には無縁だ」

その辺りは生前、抜かりなく確認しておいた。

ダファリスという名の吸血鬼の真祖を捜し出し、親交を結ぶことに成功したのだ。

そういえば奴も、三百年経った今でも健在の可能性が高いな。

いずれ会いに行くのも一興かもしれん。

「では、我が君。ブレアの町へご案内いたします」

地下大空洞の出入り口は、山間部にある。

地元の猟師も絶対に立ち入らないような深い場所なのだが、ではその地元というのがレレイシャの言った、麓町のブレアであった。

城を出たレレイシャはドレスを脱ぎ、動きやすい格好に着替えている。

敢えてのみすぼらしい衣服は、素性を隠すためのカモフラージュだ。

そして、俺が超人的な身体能力を持たせた魔術人形である彼女は、山間の道なき道をまるで飛ぶような速さと動きで駆けていく。

生前の、常人にすぎなかった俺ならば、ついていくことは不可能だっただろう。

だが生まれ変わった俺の身体能力は、レレイシャを超える正真の怪物級。

見知らぬ土地だろうと、木々や下生えが邪魔するおよそ移動に適さない斜面だろうと、なんのそのだ。鼻歌交じりについていく。

「楽しいな！　城では存分に動けなかったから、よけいにそう感じる」

「御身のスケールは、この大陸と比肩し得るものですから。小城一つでは手狭にお感じになるのも当然のことかと」

「見え透いた世辞はよせ。何が狙いだ？」

「ぜひ町に着いた後で、腕を組んで歩く名誉を賜りますよう」

「はは！　よかろう」

レレイシャの可愛いおねだりに、俺は鷹揚に首肯を返した。


——そういうわけで俺は今、ブレアの目抜き通りを、上機嫌のレレイシャと腕を組んで歩いていた。

表通りに面した猥雑な店々から、そんなレレイシャが次々と声をかけられる。

「おや、リリちゃん。今日は良い人と一緒かい？」

「いいウナギが揚がったんだ。買っていって、カレシに食べさせてやんなよ。今夜はきっと朝まで寝かせてくれないよ！」

「リリちゃんてば、なんだよそのイケメンはも～～っ。道理でオレっちが袖にされまくるはずだよも～～っ。参った！　今日は二割引きだ、持ってけドロボー！」

「ふふ。今日はこの方とデートですので、ショッピングはまたの機会にお願いしますわ」

レレイシャは俺の腕を組んで離さぬまま、しかし如才のない笑顔と挨拶であしらっていく。

「感心なことだ。地元民と良好な関係を築いているようだな？」

「小さな町のことですゆえ。悪評が立とうものなら、あっという間に広がり、買い物も難しくなってしまいますもの」

「なるほど、なるほど」

ブレアは山から流れ出でる川の、両岸に広がる麓町だった。

山と川、その両方の恩恵が享けられる好立地というわけだ。

俺の見立てでは、人口千人強ほどか。

ここアーカス州は、大陸の西の果てにあるド田舎であり、こんなでも大きな町の部類に入るだろう。

生前の、大陸の覇者たる俺の膝元であった、百万王都とは比ぶべくもない。

だがブレアに住む人々の笑顔や活気は、俺の知るかつての王都の民らのそれと、なんら劣るものではなかった。

好ましい。実に好ましいことだな。

「流血王」と畏れられた俺だが、民や町の活気を眺めるといつも愉快な気分にさせられる。

「私がこの町の民と親しくしている理由はもう一つございます、我が君」

「ほう。聞こうか？」

「この大陸は全て、本来は我が君のものです。ならばこのアーカスの民とて、本来は御身の所有物。どんな価値のない人間であろうと、カイ様のご許可なしに無下にはできませんわ」

「…………………デアルカ」

おかしいな。

こんなにアレな性格に設計したつもりはないのだがな。

三百年放置している間に歪んでしまったのかな。

「そして、どうぞお喜びくださいませ、我が君。三百年前、御身が民へもたらした泰平が、今やこのような僻地にまで行き届いております。往来は笑顔と活気で溢れ、若い男女がこんな風にたわむれながら、のんびりと歩くことができます」

「俺もおまえも若くはないがな？」

「もう！　カイ様は意地悪ですっ」

俺の冗談に、レレイシャは可愛らしく唇を尖らせた。

組んだ俺の腕を、つねるふりをした。

しかし、なるほど。

生前の俺が知るアーカス州といえば、戦火が絶えず、町は難民で溢れ返り、治安はまるで行き届いていなかった。

ゆえにあの戦乱の世に比べれば、少しはマシな時代になったのだろう。

少しはな。

「だが、レレイシャ。この光景は、今の世の一面でしかなかろう？」

「……と、仰いますと？」

「おまえは言ったな？　難民であったミルを保護したと。おかしな話だ。泰平の世ならば、なぜ難民が出る？」

「さすがのご賢察、畏れ入りましてございます。我が君」

レレイシャは俺と腕を組んだまま、伏し目がちになった。

「世辞はよい。説明をいたせ」

「はい、我が君。ですが、私の口から申し上げるのは、あまりに畏れ多く――」

もちろん俺が重ねて命じれば、応じるという態度は窺（うかが）わせつつ、レレイシャはねだるように、

「叶（かな）うことならば、まずは御身の目でお確かめいただきたく存じますが……」

「よかろう。案内せよ」

俺は鷹揚にそれを許す。

すると、レレイシャが組んでいた腕を、するりとほどく。

ずっと上機嫌だった彼女がまとっていた、あまやかな雰囲気が霧散する。

そして俺の正面に回り、臣下の顔つきになって言った。

「御意」

レレイシャが俺を案内したのは町の西にある一角、いわゆる貧民街（スラム）であった。

平和で豊かな時代が来たというのに、未だにこんなものがあるのか！　――などとショックを受けるほど、俺の頭はお花畑ではない。

確かに為政者たるもの、万民全てが豊かな生活を享受できるようにと、努力すべきだ。

ただし、それはどこまでも理想論であり、現実的にはどんなに社会が高度に発展しようと、経済格差や貧困層をゼロにすることは不可能である。

そのことを俺は知っている。

否、遥か昔に痛感させられている。

「レレイシャ。おまえが俺に見せたいものとは、まさかこの貧民街だけではあるまい？」

「もちろんでございます、我が君」

俺のことを知り尽くした忠実なる魔術人形（サーヴァント）は、こんな「当たり前の光景」を見せるために、わざわざ俺を連れてきたわけではなかった。

貧民街のさらに奥へと、踏み込んでいくレレイシャ。

そして、広場と呼ぶほどではないが、大きな四辻（よつつじ）に到着する。

そこでは異様な光景が繰り広げられていた。

安価な革鎧（よろい）をまとった兵士どもが二十人ほど、槍（やり）を突きつけながら威張り散らす。

「よし、集まったら五列になって並べ！」

「今月で十四歳になる娘は、これで全部だな⁉」

「並んだら服を脱げ！　下着もだぞ！」

「モタモタして、オレ様たちを待たせるんじゃねえぞ!?」

鋭い槍の穂先で脅され、ただでさえ粗末な格好をしていた娘たちが全裸になっていく。

街の真っただ中でのことだ。

娘たちは皆羞恥に顔を染め、中には泣き出す者もいる。

そんな憐れな彼女らを、兵士どもは下卑た目つきで検分する。

見目のよさを確かめ、体つきの女らしさを確かめる。

また口を開けさせては娘らの歯並びを見て、健康状態を確かめる。

まるで「商品」の価値を値踏みするようにだ。

その光景を遠巻きに窺っていた俺は、怒りを押し殺してレレイシャに訊ねた。

「……奴隷制度はかつてこの俺が、禁止にしたはずだが？」

「今でも公には禁止になっております。しかし、貴族どもは『奉公』と称して召し上げたり、金品で売り買いしたりと、事実上の奴隷をたくさん有しているのが現状です」

「……貴族制度も俺が禁止したはずだが？」

「それは二百年前に復活しております」

「誰がさせた？」

「我が君より四代後、皇帝カリスがそのように」

「『皇帝』だと？　聞き慣れぬ称号だな？」

「『王の中の王』という意味だそうです」

「ハッ！　僭称も甚だしいわ」

俺は鼻を鳴らしてせせら笑った。

王には確かに、ある程度の権威というものも必要だ。

しかし、真に必要なのは治世実績だ。

それがない暗君ほど、過剰な権威付けをやりたがる。

あげく、貴族制度の復活だと？

臣下に舐められ、御しきれていない証左ではないか！

怒りで俺の心がざらつく。

不快だ。本当に不愉快だ。

しかも兵士どもは、さらに不埒な愚行に及ぼうとしていた。

「隊長、オレもうタマんねーっすよ！　ちょっとくらいつまみ食いしてもいいでしょ⁉」

「これだけ裸の女を目の前に並べられて、お預けとか殺生っすよ！」

「おいおい、この街中でか？」

「それが燃えるんすよ！」

「仕方のない奴らだな。ラーケン様に見つからないよう、早く済ませろよ？」

「ひひひ、隊長ってば優しいから好きっす」

「愛してるっす」

たわけたことをほざきながら、兵士のうちの何人かが好みの娘を見繕い、往来のど真ん中で組み敷こうとする。

娘たちが金切り声で悲鳴を上げる。

「我が君。あの人のふりをしたサルどもを、惨殺する許可をくださいませ」

「許さぬ」

そんな真似をすれば、大変な騒動に発展する——などという理由はどうでもいい。

大騒動？　歓迎だ。いくらでもやってやろうではないか。

「あのサルどもを虐殺する喜び、貴様にはやれんな。レレイシャ」

俺は四辻へと向かって歩き出す。

レレイシャが三歩下がってついてくる。

「やあ、兵士諸君！　貴様らに殉職する名誉をくれてやろう」

哄笑（こうしょう）する俺に気づいた連中が、娘を襲う手を止め、一斉にこちらを向いた。

「なんだ、こいつ……？」

「頭がおかしいのか？」

「……おい、よく見ろ。こいつ、絹の服を着てやがるぞ」

「かっ剝（ぱ）いで売ろうぜ！」

「それに後ろにいる女！　見たこともねえほどの上玉だ！」

「ひひひ、こんな痩せ細った小娘どもより、よっぽど楽しめるぜ！」

兵士どもは口々に勝手なことをほざくと槍を携え、俺たちへと向かってくる。

「誰がしゃべってよいと許可した？　それに頭が高い。流血王の御前であるぞ」

俺は奴らをからかうように嘲弄した。

同時に先頭の兵士の頭頂部をつかむと、そのまま吸血鬼の怪力を以って引きずり倒し、顔面を地面に叩きつけ埋め込んでやった。

無論、即死だ。

こんな連中を屠るのに、魔術を使ってやるまでもない。

「ル、ルーグの頭が柘榴みたいにいいいい⁉」

「なんだよこいつっ、なんなんだよこいつ⁉」

「き、ききっ、貴様！　オレたちはラーケン様に仕える、て、帝国兵なんだぞ！」

「ささささ逆らったらどうなるか、わかっているのか⁉」

逆上し、それ以上に恐慌した兵士たちがわめき散らす。

「知るか。ついでにラー某のことも知らん」

俺は鼻で笑って答える。

「ラ、ラーケン様はこの町を支配するお代官様だ！」

「帝国が誇る魔道士団の一員なんだぞ！」

「貴様、楽に死ねると思うなよおおおおお⁉」

わめていていている暇があったら、その槍でさっさと突きかかってくればよいものを。

兵士どもは皆すっかり竦み上がって、意味を為さない威嚇をしてくるばかり。

「不死不滅となった俺を殺すだと？　面白い。ぜひとも試みて欲しいものだが――物事には順序というものがある。まずは貴様らが死ね」

俺は手本を見せるように、まごまごしている連中をさっさと鏖殺（おうさつ）していった。

拳で顔面を陥没させて殴り殺し、手刀で胸を刺した後心臓をにぎり潰し、また頭を両手でつかんでねじ切った。

「うわあああああああああああっ」

吸血鬼の真祖（トゥルーブラッド）が持つ強大な身体能力を、遺憾なく発揮した。

「バ、ババッ、バケモンめっ」

「来るな！　来るなあああああああああっ」

仲間たちが異常な死に方をしていく様を目の当たりにし、まだ生きている連中がいよいよパニックに陥る。生存本能に衝（つ）き動かされ、俺に向かって槍を突いてくる。

その矛先を俺はわざわざよけたりしなかった。

避ける必要がない。

吸血鬼の不死身の肉体は、どれだけ刺されようと痛痒（つうよう）も感じないし、すぐ全治させてしまう。

「に、逃げろおおおおおおっ」

「こんなんオレたちじゃ敵（かな）うわけがねえええええ！」

「ラーケン様にやってもらうしかねえええ!!」

とうとう兵士どもは槍を投げ捨て、蜘蛛（くも）の子を散らすように逃げていく。

「レレイシャ」

「はい、我が君」

「飽きた」

「では、残りは私にお任せあれ」

レレイシャは恭しく一礼すると、右手を軽く振った。

ただそれだけで、背中を見せた兵士どもが全員、バラバラ死体と化した。

魔術人形(サーヴァント)たるレレイシャには、両手の指から鋼糸を伸ばし、自在に操る機能を与えている。

彼女はそれを用いて、娘たちの間を縫うようにして走って逃げる兵士たちのみを正確に、しかも一瞬一振りで斬殺してみせたのだ。

「見事な手前だ。三百年の間に、錆(さ)びついてはいないようだな」

「お褒めにあずかり恐悦至極ですわ」

また丁重に一礼したレレイシャに、俺は鷹揚にうなずく。

残ったのは、現実に思考がついていかず立ち尽くす娘たち。

そして、血の海と化した四辻。

俺は遅れて、兵士どもの血臭に気づいた。

「臭い。とうてい啜る気にはなれんな」

極上の美味を提供したミルの血とは大違いだ。

やはりというか、相手によって風味はまるで変わるらしい。

しかも、いやはや……これでは血を吸う相手も厳選せねばならんな。不味いものを口にする趣味は俺にはないからな。

物見遊山ついでに未知の美味に出会えるかと期待していたが、これでは全くの逆の結果。

落胆も甚だしいわ。

不埒な兵士どもを、皆殺しにしたのも束(つか)の間——

「我が君」

「わかっている」

レレイシャの短い警告に、俺は悠揚とうなずいた。

通りの向こうから、ガチャガチャと鎧の鳴る物々しい音が聞こえてくる。

甲冑(かっちゅう)をまとい、帯剣した十人ほどの一団が、剣呑(けんのん)な顔つきでやってくる。

騒ぎを聞きつけたにしても、駆けつけるのが早い。抜け目のない奴がいるに違いない。

「レレイシャ。この時代にも騎士階級は残っているのか？」

「はい、我が君。泰平の世ゆえに半ば形骸化した、鼻持ちならないだけの連中がほとんどですが、中にはカイ様の御代にもいたような一廉(ひとかど)の者も」

「ほう。あの中にもいるかな？」

「おたわむれを仰らないでくださいませ。面構えを見れば、一目でわかりますわ」

そう、俺もレレイシャも、甲冑姿の騎士たちなど最初から眼中になかった。

連中の後からゆっくり傲岸たる足取りでやってくる、長衣姿の中年に着目していた。

そいつは不遜な態度のまま一言も発することなく、騎士どもに場を仕切らせる。

「愚民ども！　これはなんの騒ぎであるか！」

「その場でうつ伏せになって、両手を頭の後ろで組め！」

「さもなくば即刻、斬り捨てるぞ！」

「ラーケン閣下の御前である！　頭が高いわ！」

騎士どもに怒鳴りつけられ、呆然（ぼうぜん）となっていた娘たちが我に返る。

言われた通りの姿勢となって憐れ、兵士どものバラバラ死体と血の海の中に顔を伏せさせられる。

立っているのは、俺とレレイシャだけになった。

それを見て、騎士どもも状況を悟ったようだ。

「これは貴様らの仕業だな!?」

「自分たちが何をしたのか、わかっているのか!?」

「兵を殺すことは、それすなわち神聖なるヴァスタラスク帝国に盾突くということだぞ!?」

「万死に値する！」

口々に囀（さえず）るが、俺もレレイシャもろくに聞いていない。

「貴様らでは話にならん。代官といったか？　後ろの奴を出せ」

「フン。どこの山から下りてきたのやら……恐いもの知らずとはこのことだな」

ようやくやってきたラーケンとやらが、吐き捨てるように答えた。

クク。面白い。

「山から下りてきた」とは皮肉で言ったのだろうが、正鵠を射ているではないか。

俺がささやかなユーモアを覚えて口の端を歪めていると、ラーケンはその余裕の態度が気に喰わない様子で、

「察するに、まあまあの腕自慢らしいな、若僧？　武術を鍛えるうちに、試してみたくなった手合いか？　時折こういうバカが出てきて、帝国の治世を乱すのだから困りものだ」

「残念。それはまるで的外れだ」

「どうでもいい。貴様の主義主張など興味はない。私は忙しいのだ。死ね。ヴァスタラスク三百年の威光に刃向かったことを後悔し、帝国魔道士たる私の恐ろしさに震えながら逝け」

ラーケンはもはや問答無用とばかり懐から呪符を取り出した。

同時に、奴の全身から霊力が噴き上がる。威張るだけあって、なかなかの量だ。

その霊力を呪符に注ぎ、魔術を行使する。

「ほう。最初から呪符を用いるとは……全力でこの俺を仕留めにかかるか。賢明な判断だな」

「私は忙しいと言ったはずだぞ？」

ラーケンは面白くもなさそうに言うと、霊力を込めた呪符を、俺たちに向けて投じた。

たちまち呪符が爆発し、燃え盛る炎の波となって押し寄せる。

んんん？

霊力量はなかなかのものだし、わざわざ呪符を用いてくるくらいだから、さぞや階梯の高い魔術で攻めてくるのだろうと思っていたが……。

《爆炎（イーズ）》だと？　四大魔術系統の、第二階梯ではないか。

俺は怪訝（けげん）に思いつつも、鋭く口笛を吹いた。

もちろん冷やかしなどではなく、短嘯（たんしょう）という魔術の起動式を用いたのだ。

そして、炎の波をあっさりと不可視の壁で防いだ。

別に焼かれてもヴァンパイアの肉体は平気なのだが、魔術には魔術で応じるのが魔術師の性（さが）というもの。

一方――

「な……っ」

《爆炎（イーズ）》を破られ、たちまちラーケンが絶句した。

その周囲を警護する騎士どもまで騒然となった。

「き、貴様っ、今何をした⁉」

「何をも何も、同じ魔術師ならわかるだろう？　《障壁（ガル）》だよ。基幹魔術系統の第一階梯」

「魔術師……だと？　基幹魔術系統……？」

ラーケンはまるで異郷の言葉を聞いたかのような顔つきになった。

「とぼけるなよ、若僧！　《障壁》なら当然、私も知っている！　帝国魔道士なのだからな！　ゆえに今のが《障壁》ではないことだとてわかる！　呪符なしに魔法が使えるものか！」

「貴様こそギャンギャン吠えるなよ、ぼうや。たかが第二階梯の攻撃魔術を防ぐのに、わざわざ呪符などと大仰な起動式を用いるほど俺は耄碌していない」

そもそも呪符など用意してきていないし、何より同じ起動式でも短嘯の方が発動までが早く、実用的だ。

——という当たり前の話はさておき、

「魔法だと……？」

今度は俺の方が、異郷の言葉を聞かされたような気分に陥った。


魔法というのはアレだろう？

子どもの御伽噺に出てくる、突拍子もないご都合主義の、神秘現象のことだろう？

《爆炎》や《障壁》は魔術だ。

確たる術理に裏打ちされた——巧拙は別として——学べば誰でも使える技術だ。


俺とラーケンは、互いに怪訝な表情を突き合わせるという格好になった。

我ながら、さぞや間抜けな光景であろうことに。

「畏れながら、我が君」

「なんだ、レレイシャ。申してみよ」

「はい、我が君。三百年前、御身が研鑽(けんさん)し、また各門派の秘伝を暴いて編纂(へんさん)し、発展させた魔術という一大技術は、現代では完全に廃れております」

「なん……だと……」

「今では代わりに、帝国より任官された魔道士と称する者どもが、帝国の発行する呪符を用い、本人はその仕組みを全く理解せぬまま、ただ霊力を込めて発動させるのみなのです」

「バカな。それでは持って生まれた霊力さえあれば、猿でもできるではないか……」

「しかし今の世では重宝されており、これを『魔法』と申すのです」

「…………」

言葉を失うとはこのことだ。


しかし――理解できんでもない。

魔術の力は万能である。当然、戦争の道具として有用である。

泰平の世となり、治安を維持するためには魔術は広まらない方が、国家の中枢のみで独占することができ、為政者にとって都合がいいのは事実。

ゆえにアルか後代の王が、魔術を禁じたのであろう。

「──そういうことか?」

「ご賢察、畏れ入ります。我が君」

「なるほどな……」

魔術をこよなく愛する者としては、寂しいばかりの話だ。

三百年の後は、どれほど発展し、爛熟していているかと、楽しみにしていたのに。

それは夢物語であったか……。

「つまらん。本当につまらん」

俺はぼやかずにいられなかった。

そう、ぼやきだ。嘆きではなく。

魔術が廃れた理由に筋が通っているため、これは俺のワガママでしかないため、「世を嘆く」という批判的な行為を慎むしかなかったのだ。

「帝国魔道士ラーケンといったな?」

「閣下をつけよ。不敬だぞ、若僧」

「もうよい。下がれ」

俺はサッと刀印を切ると、虚空に複雑な印章を描いた。

これもまた短嘯同様に魔術の起動式である。より面倒な分、効力が高まる。

そして基幹魔術系統の第三階梯、《断頭》を用いた。

ラーケンと取り巻き騎士どもの首を、不可視の刃によって刎ねた。

俺にとっては手妻のようなものだが、連中はこんな程度も防ぐことができなかったのだ。

「つまらん。本当につまらん」

俺はその光景を無感動に眺めながら、ぼやき続けた。

「助けてくださってありがとうございます！」

「なんとお礼を言ったらよいか！」

兵士に乱暴されかけた娘たちが、まだ涙に濡れた顔に笑みを浮かべて礼を言ってきた。

「構わん。それよりも早く家族のところへ戻って、安心させてやるがいい」

「で、でもっ……」

「まだ何もお礼を……」

何か礼をするまでは帰れない――そんな顔をする朴訥な娘たちに、レレイシャが答えた。

「気にしないで？　あなたたち程度がこの御方にできるお礼なんて一切存在しないのだから」

……棘のある言い方だな、レレイシャよ。

しかし、まあよい。

「とにかく気にするな。そして、すぐにこの場を離れるがよい。ちとキナ臭くなるからな」

後ろ髪引かれる様子の娘たちの、背中を強引に押すようにして俺は彼女らを遠ざけた。

それと入れ替わりに――

「あんたら、なんてことをしてくれたんだ！」

俺に向かって、誰かが叫んだ。

ふてぶてしく眼差しを向ければ、貧民街の住民たちがわらわらと四辻に集まってくる。

「帝国に弓を引いて、どうなるかもわからんのか⁉」

「あんたらが勝手に処刑されるのは構わんっ。だが、ワシらまで巻き込むつもりか⁉」

「長官サマの逆鱗（げきりん）に触れたら、こんな小さな町、どうなるか……」

「一夜にして焼き滅ぼされるかもしれんぞ……！」

「ああああ、なんてことをしてくれたんだよ、あんたら‼」

俺とレレイシャを遠巻きにして囲みつつ、批難してくる住民たち。

しかし俺は痛痒も覚えず、鼻で笑い飛ばすのみであった。

こいつらは娘たちが裸に剝（む）かれ、今にも凌辱（りょうじょく）されようとしたその時でさえ、知らぬ存ぜぬで家内に引き籠もっていた卑怯者（ひきょうもの）どもだ。

そんな奴らの言葉が、どうして俺の胸に響くだろうか？　まして堪（こた）えるだろうか？

「弓を引いたらどうなるのだ？　ぜひ教えて欲しいものだな」

俺は敢えて尊大に胸を張って問いかける。

「そんなことも知らず、お代官サマを殺したのか⁉」

「信じられない‼」

「くく……俺は山から下りてきたばかりの田舎者なのでな。少し世間知らずなのだよ」

俺がたわむれを口にすると、住民たちはますます怒り、

「このアーカス州は、ナスタリア伯爵のご領地なんじゃ！」

「伯爵サマは州を東西南北の四つにわけて、それぞれに長官と軍隊を置いておる！」

「このブレアも属するアーカス西部の長官は、スカラッドという恐ろしい魔道士なのよ！」

「ラーケンなんて目じゃねえ、帝都の魔道院出のエリートなんだよ！」

「しかも配下には、中央崩れの凄腕騎士がゴロゴロしてるって噂だっ」

「ラーケンが――自分の管轄区の代官が殺されたってわかったら、そのスカラッドが黙っちゃいないわっ。絶対にこのブレアへ報復に出るわよっ」

「エリート魔道士と凄腕騎士たちが、軍隊を率いてくるんだぞ!?」

「どうやって責任とってくれるんだ!?」

俺がどれだけのことをしでかしたか、思い知らせてやるとばかりにわめき続ける住民たち。

「ははは、わかったわかった。説明、大儀である」

俺は笑って聞きながら、遠巻きに囲む住民たちの中へ分け入る。

そして人垣の向こうにいた、一人の男の前に立つ。

鋭い目つきをした青年だ。

いや……壮年というべきか。

若作りをし、如何にも「才気走ってはいるが、まだまだ青二才の域を出ない」と見えるよう装っ

ている。だが本当の年齢は三十五を下るまい。

「貴様がこのスラムを牛耳るボスか？」

貧民街は往々にして、ならず者どものねぐらにもなる。

この男はそいつらをまとめ上げ、暴力と恐怖で街を支配しているはずだ。

ところがそんなスラムの主には不似合いな、丁重な口調と物腰で男は訊ね返してきた。

「……どうしてそう思うのですか？」

「見ればわかる。眼光が違う」

俺は即座に断言する。

仮にも大陸を統一した覇者だったからな。

どれだけ多くの臣下(ひと)を見てきたことか。

人物鑑定にはちょっとした自信がある。

いや、それなしに覇者として君臨できるわけがないのだ。

「住民に命じて、おまえの言葉を代言させたな？」

「……おみそれいたしました」

男は観念したように白状した。

先ほどわめいていた者どもが、貧民街の住民の割に事情通なのも、妙に説明臭い台詞だったのも
それが理由だ。

そして、この男が連中にわざわざ代言させた理由は、魔道士ラーケンや騎士十人をあっさりと屠っ

てみせた俺の矢面に立ちたくなかったのだ。

慎重な奴である。くく、さぞ長生きできるだろう。

「名はなんという？」

「フォルテと申します」

「では、フォルテ。貴様に命じる。このブレアの有力者を全員集めて、俺の前に連れてこい」

俺は有無を言わさぬ口調で命じた。

貧民街といえど一つの地区を牛耳るほどの有力者ならば、他の地区のまとめ役やヤクザ者、豪商、知識階級などにも顔が利くだろう。

「……断れないようですね。どちらに集めればよろしいですか？」

「あそこだ」

俺は迷いなく町の中央――丘の上に建つ、大きな屋敷を指差した。

あんな偉そうな場所に建ち、町全てを見下ろしているのだ。ラーケンのものに違いない。

「あれは俺がいただく。小一時間後に参るがよい」

中にはまだ、ラーケンの部下や兵士が残っているだろうがな。

逆らう者は皆殺しにするだけだ。

小一時間後――

生乾きの血が床に広がる謁見の間で、俺はフォルテラと相対した。

ラーケンが使っていたのだろう。代官風情には分不相応の、玉座めいた椅子に俺は腰かけ、レレイシャがすぐ脇に侍る。

フォルテラ町の有力者たちは、未だ転がる兵士たちの死体を見て、首を竦めていた。

彼らは臣下というわけではないので、ひざまずくことなく突っ立ったままでいることを許す（レレイシャは不服げだったが）。

「よく集まってくれた、諸君。まずは自己紹介といこう。俺はカイ＝レキウス。見知りおけ」

俺の名乗りに、有力者たちはざわついた。

「カイ＝レキウス……どこかで聞き覚えが……」

「あっ。あれだ、〝流血王〟の名が確かカイ＝レキウスだ」

「御伽噺じゃねえかよ！　ガキの時分に散々その名前は聞いたけどよお」

「元になっているのは建国神話だ。とびきり不吉な、な」

「偽名か？」

などと、ひそめた声で話し合っている。

俺はそれを遮るように、

「今回、このようなことになってしまったことに、俺も一応の責任を感じている。ゆえに長官とやらが攻め込んできた場合、俺とこのレレイシャが対処するので、諸君らは安心して欲しい」

「な、何をいけしゃあしゃあと……っ」

「たった二人で、どうやって軍隊と戦うのか！」

「嗚呼っ、この町はもう終わりだ……！」

フォルテを除いた有力者たちは、不平不満を漏らし続けた。

俺は再びそれを遮るように、彼らに向かって指を三本立てると、

「諸君らには選択肢が三つある。一つ――家財をまとめて町を出て、長官スカラッドに保護を求める。二つ――日和見を決め込み、息をひそめて結果を待つ。今回の事態は、諸君らにとっては青天の霹靂だ。それを卑怯と呼ばぬことを約束しよう」

俺は指折り数え挙げ、最後に言った。

「三つ――この俺に臣従し、私財を投じよ。十倍にして返してやろう」

「「「なっ……」」」

よほど意外な話だったか、有力者たちが絶句した。

俺は逆に、平然と詳しい説明をしてやる。

「スカラッドとやらが攻めてきたら、俺はそれを殺す。するともっと強く、もっと多くの軍勢が攻めてくることだろう。俺はそれも殺す。すると行きつく先は、ナスタリア伯爵とやらとの決戦だ。しかし、俺はそれも殺し尽くす。するとどうだ？　アーカス州はもう俺のものという話だろう？　諸君らに十倍返しするというのも、まるで夢物語ではあるまい？」

「「「…………っ」」」

「ククク、そもそも伯爵に勝つのが夢物語だと、ツッコミ待ちだったのだがな」

「まあ、我が君ったら。ユーモアセンスまで抜群ですわ」

俺がくつくつと、レレイシャがくすくすと、忍び笑いを続ける。

そんな俺たちを町の有力者たちは、正気を疑うような目で見つめ続ける。


やがて彼らはゾロゾロと帰っていった。

残ったのはフォルテ一人だ。

「貴様はどうするのだ？」

「肚（はら）を決める前に、一つお伺いしたいことがございます」

「よかろう、なんなりと訊（き）け」

俺が鷹揚な態度で言うと、フォルテは一度畏まった後、

「なにゆえ御身が帝国に刃向かうのか、その理由をお聞かせ願いたいのです。まさか貧しき娘たちの窮地を見かねたという一心で、果てはアーカス一州を巻き込もうというほどの大騒動を起こすつもりではございますまい」

「ああ。その通りだ」

俺は声を低め、首肯した。

その理由を語るには、俺もおどけた態度ではいられない。

「俺は貴族制度を認めぬ。許さぬ」

帝国とやらを敵に回すと決めた、最たる理由がこれだ。

果たしてフォルテは納得できたか否か、表情を消して窺わせないまま、

「重ねて質問をお許しください。貴族制度の何がお気に召さぬと？」

「そも国とは、為政者や権力者の所有物であってはならぬからだ」

俺は即答した。

これは別に綺麗事（きれいごと）を言っているわけではなく、その成り立ちから考えればわかる話である。

多くの生物は自然界において、群れを必要とする。

弱肉強食の環境下で生き抜くためには、互いに助け合った方が合理的に違いないからな。

そして、その群れは大きければ大きいほど、集団の優位と安全を保障する。

人間とて例外ではない。個人よりは家族を、家族よりは組織を、組織よりは村を、町を、都市を形成し、帰属する方が生存率は高まる。

その行きつく先が「国家」というわけだ。

「わかるか？　国など所詮は群れの延長線上のものでしかなく、であれば群れに属する大半の者に益しなければ、存在価値そのものがないのだ」

なるほど群れのリーダーは必要だろう。

群れを効率よく営む上で、時に犠牲も必要となるだろう。

だがリーダーが群れを所有物とし、あまつさえ属する者の大半を虐げ、搾取し、不幸しか与えな

いとなれば、これは許されない。

相互補助のための集団として、意味と機能を見失っているからだ。

「可能な限り民を幸福にし、可能な限り犠牲者を減らす——国家はその努力をせねばならぬ。だが貴族制度の蔓延る国では絶対にそうはならんし、為政者は搾取して当たり前、民はされて当たり前だと信じ込むのだ。己らの群れのそもそもの成り立ちを忘れてしまうのだ」

俺は厳かにそう断言してみせる。

他にも貴族制度を敷く国家は、俺がかつて築いた中央集権制度を敷く国には敵わぬ、群れとして劣っているという問題等もあるが、今はさておこう。

先の俺の答えを聞いただけで、フォルテが我が意を得たりとばかりに破顔したからだ。

「御身のご見識に感服いたしました」

今度こそ満足したように、噛みしめるように言ったからだ。

フォルテは続ける。

「最初のご質問にお答えします。このフォルテ、私財を全てあなた様に差し出す所存です。我が君。カイ＝レキウス様」

「ほう、全てか?」

なかなか豪胆なことを言う奴だ。

「御意。ですから十倍返しなどと仰らず、一生お仕えさせてくださいませ。このアーカスから貴族どもを駆逐し、可能な限り民らを幸福にするご統治のお手伝いをさせてくださいませ」

「それはまた、腹を括ったものだな?」

面白い。心底そう思って、今度は俺がこやつの事情を訊ねる。

フォルテは赤裸々に語り出した。

「私は元々この町で、裸一貫からぎりぎり豪商と呼ばれる程度にまで、成り上がった者でした。しかし、そこから上は行けませんでした。もっと手広い商売をするには、ラーケンに許可が必要だと言われ、莫大な賄賂を要求されたのです。それを支払ってしまえば、商売を広げる意味がなくなる、赤字になるというほどの額でした」

「つまりラーケンは最初から貴様に許可を出すつもりがなかったのだ。大方、他の豪商たちと既に癒着していて、貴様がまだ芽のうちに潰そうと画策したのではないか?」

「仰る通りです。そして、ラーケンの権力がナスタリア伯爵に保証されたものである以上は、奴の決定を覆すことは平民の私には不可能です。私は堪らずブレアを出ていこうと考えました。しかし、踏み留まりました。貴族の横暴や役人の不正が蔓延したこの帝国の、どこへ行こうと同じことが繰り返されるだけだと気づいたからです。そして、帝国が大陸の支配者である以上、行き場などどこにもないからです」

「世も末だな」

俺は吐き捨てるようにして言った。

まさに俺が唾棄する貴族制度の、その犠牲者の一人がフォルテだったというわけだ。

「ですから、あなた様がラーケンの首を刎ねた時、正直スッといたしました」

その時のことを思い出してか、フォルテは暗い愉悦で口の端を歪めて言った。

また一転して深々と頭(こうべ)を垂れると、

「あなた様の真意やご覚悟を測るためとはいえ、貧民街の住民をけしかけた不敬、大変申し訳ございません。これより身を粉にしてお仕えする所存ですので、どうかお許しいただければと」

「許そう。正直者には正直者の美徳があり、貴様のような策士には策士の使い道がある」

その両方を懐に収める器量なくしては、覇者足り得ない。

フォルテに頭を上げさせると、俺は力強く告げる。

「それでは宣戦布告と洒落(しゃれ)込もうか。レレイシャ」

「はい、我が君」

レレイシャは恭しく一礼すると、続きの間から一人の騎士を連れてきた。

一人だけ殺さずにおいたのだ。

その騎士は震える両手で、ラーケンの生首を抱えていた。

その生首がしゃべった。

「私はいったい生きているのか……死んでいるのか……。これはいったい……どうなっているんだ……」

「貴様は確かに死んださ。だが、俺が死霊魔術を用いて、アンデッドとして蘇らせてやったのだ。サービスで、百年くらい不滅でいられる強靭(きょうじん)なアンデッドにな」

「死霊魔術……？　人をアンデッドにする……？　バカな……バカな……そんなデタラメ、聞いたこともない……」

「おいおい、常識が古いな。いや、『常識が新しいな』というべきか、これは？」

「まあ、我が君ったら。ユーモアセンスまで抜群ですわ」

俺がくつくつと、レレイシャがくすくすと、忍び笑いを続ける。

そんな俺たちを、首だけの亡者となったラーケンが、正気を疑うような目で見つめ続ける。

俺はまだ口の端を歪めたまま、騎士に告げた。

「その首を持って、長官なり伯爵のところなり駆け込むがいい。そして伝えよ。門を開けて待っているから、このカイ＝レキウスが恐ろしくないなら真っ直ぐ屋敷まで攻めてこいとな」

第二章　皇帝騎士ローザ

天はローザという名のその少女に、二物といわずたくさんのものを与えた。

例えば、ややキツい印象を与えるものの、極めて整った顔立ち。

例えば、薔薇（ばら）のように美しい赤毛。

例えば、代々皇帝騎士を輩出する、名門且つ裕福な家庭。

例えば、彼女自身も十代で皇帝騎士に叙勲されるほどの、圧倒的な武術の才能。

例えば、正義を愛し、容易（たやす）く折れることのない、真っ直ぐな心と精神。

などなど、数え上げればきりがない。


しかし天はローザに、同時に意地が悪いほどの「ツキのなさ」も与えた。

例えば、お気に入りの剣帯に限ってすぐ虫が食う。

例えば、高名な武人に教えを請うため門を叩（たた）けば、留守の日ばかりを訪ねてしまう。

例えば、騎士選抜試験で出した好成績を、危うく手違いで他人のものにされかける。

おかげでいつしか「不幸だわ……」がローザの口癖になってしまった。

極めつけは、上司運にも恵まれなかった。

晴れて皇帝騎士となったはいいが、直属の上役が女性差別主義者で、ローザも我慢して尻尾を振るような性格ではなくて、強く不興を買った。

その結果として、アーカス州くんだりまで左遷させられたのである。

「――その仕打ちをあたしが恨まなかったと言えば、嘘になるわ」

大小の不運に見舞われるたび、ローザは涙目になって天をにらんだ。

しかし彼女は、同時に歯を食いしばって耐えた。

そう、ローザは不屈のメンタルの持ち主でもある。

耐えていれば、いつかは幸運にだって恵まれるはずだと信じて生きてきた。

「――それが今よ！　アーカス州で巡り合うことのできた我がご主君、ナスタリア伯爵こそ真の仁君だわ！　女性の身でいらっしゃれど、帝国の開祖カリス帝にも迫ろうお方。今のあたしにとってはナスタリア伯にお仕えできることこそ、至上の喜びなのよ」

そう日々嘯いてやまないローザ十七歳。

またナスタリア伯より賜った任務が、西部長官スカラッドの監査役であった。

伯爵が置いた四人の長官たちは、全員が押しも押されもせぬ実力者だ。

ゆえに有用である反面、大それたことを企んだり、私腹を肥やそうとするかもしれない。

そうならぬよう監視・牽制をするのが、ローザに与えられた役目である。

とはいえスカラッドが伯爵に忠実である限りは、その職務を手伝うのもまた当然のこと。

その夜、ローザは緊急の招集を受けた。

就寝前だったこともあり、すぐさま帯剣して応じると、西部長官府公館に出頭する。

そして、受付の者に案内されたのは、なんと軍議の間であった。

（まさか戦でも始めようってわけ？　この泰平のご時世に？）

つい昼間までは埃をかぶっていただろう軍議机を眺めながら、ローザは訝しむ。

その間にも一番乗りだったローザに続いて、スカラッド直臣の騎士や魔道士たちが集まり、長方形の軍議机の左右に居並ぶ。

最後に西部長官スカラッドが現れ、皆が起立したままの中、一人上座に着席した。

スカラッドは骨と皮だけでできたような、痩せぎすの老人だ。

禿頭なのも相まって、まるで骸骨の魔物のような風情である。

実際、妖怪みたいなものだ。スカラッドは帝都でも隠然たる力を持つ魔道院の出身で、あそこの魔道士たちがどれだけ化物じみているか、帝都で生まれ育ったローザは知っている。

スカラッドには齢百を超えるという噂もあるが、とても一笑に付す気にはなれなかった。

そんな彼が開口一番、不穏なことを告げた。

「ラーケンが死んだ」

聞いた一同の間に動揺が走る。

「ラーケン殿というと、ブレアで伯爵閣下の代官を務めておられる、あのラーケン殿ですか？」

「そうだ」

「まだ老衰する歳でもなく、健康を害していたという話も聞きませんでしたが……」

「違う。殺されたのだ」

「なんと!? 真にございますか!? ラーケン殿はかなりの霊力の持ち主であったはずですが、いったい何者に……?」

「詳しい話は本人に聞け」

スカラッドが苦虫を嚙み潰したような顔で答えた。

たちまち一同がざわつく。

ローザも困惑を禁じ得ない。

ラーケンは死んだという話なのに、どうやって本人から話を聞くのか?

その答えは、すぐにわかった。

誰も予想だにせぬ、驚愕的な真相だった。

一人の騎士が、まるで生前のようにしゃべるラーケンの生首を、運んできたのだ。

一層大きなどよめきが湧き起こり、軍議の間が揺れんばかりとなった。

一人、スカラッドがしかつめらしく命令する。

「ラーケンよ。いったい何があったのか、一部始終をもう一度話せ」

「は、はい、長官閣下」

生首のまま机の上に置かれたラーケンは、ありのままに報告を始めた。

ローザは不気味さを覚えつつも、その話に耳を傾けるしかなかった。

他の者たちも同様だ。神秘現象には慣れっこのはずの魔道士たちでさえ、しゃべる生首という存在を前にし、蒼褪めていた。

そして何よりも、その口から語られた事実は驚愕の連続であった。

「おのれ……帝国の任じた代官と知りつつ、弓を引く不逞者がいるとはな……っ」

「しかも、たった二人でだと？」

「いや……背後になんらかの組織が隠れているのかもしれんが、どちらにせよ捨て置けん」

「よくぞ宣戦布告だなどと大言壮語してくれたな！　身の程知らずめが!!」

「神聖不可侵のヴァスタラスクの、その栄光に唾した罪、万死に値するわ！」

ラーケンを殺した謎の二人組を、騎士や魔道士たちが口々に罵る。

断固討つべしと皆が血気に逸る。

「ナスタリア伯の治世を乱したのですから、当然断罪に値するでしょう。でも一言、言わせていただきたいわ」

そんな彼らに、冷や水を浴びせるようにローザは言った。

「そもそもの発端はラーケン殿の兵士たちが、罪なき娘たちを嬲ったことにあるのではなくて？状況から察するにその二人組は見るに見かねて、横暴な兵士たちの殺害に及んだのでしょうし」

やり口は過激だと思うが、死んだ兵士たちは自業自得だ。

首になったラーケンもだ。

無論、法と治安の観点からその二人組を見過ごすわけにはいかないが、ローザの心情的には彼らの方にこそ寄り添ってしまう。

「ナスタリア伯は平和を愛し、民を愛する仁君。民草への無体は慎むようにと、常日頃から仰っているはずですよね？」

「お目付け役殿の仰る通りだ。末端の兵士まで監督が行き届かないのは、ひとえに我が不徳の致すところ。伯爵閣下には後日、正式にお詫びいたそう」

スカラッドの方がずっと身分は高いのだが、ローザはナスタリア伯の直臣であるため、丁寧な言葉遣いで答えた。

「だが、お目付け役殿。今はそんなことよりも、確認すべきことがあるのだ。この事件、恐らくこの場の一同が思っているより、遥かに大事であろうぞ」

「と、仰いますと？」

「ラーケンよ。心して答えよ。貴様を殺した不逞の輩は、自らを『魔術師』と称したのだな？」

「は、はい。間違いございませんっ」

「呪符を用いることなく、見たことも聞いたこともない魔法を行使してみせたのだな？」

「はい！　その通りでございますっ」

生首となったラーケンの報告に、スカラッドはしかつめらしい顔つきになって黙り込む。

「魔術師」という言葉を、ローザは聞いたことがなかった。

他の皆もやはり同様だった。居並ぶ魔道士たちでさえ、スカラッドが何を念入りに確認しているのか、理解できずに当惑していた。

「――ただちにその二人組の討伐に動く」

渋面になったスカラッドが、重苦しい声で一同に告げた。

「今すぐ動かせる兵はどれだけだ？」

そして、直臣の騎士たちに下問した。

「今すぐと仰いますと、準備に一週間ほどでしょうか、閣下？」

「それでは遅い。明日中にはブレアへ攻め込む」

「明日中に⁉」

「万が一にも、その二人組に行方をくらまされてはならんのだ」

「わ、わかりましたっ。明日中にブレア侵攻となると、兵一千ほどかとっ」

「一千か……」

果たしてそれで足りるかどうかと、スカラッドは不安げに黙考を始めた。

「相手はたったの二人ですよ？」

「あいや、閣下は背後にいる組織を懸念しておられるので？」

騎士たちが困惑しつつ訊ねるが、スカラッドは思案に暮れたまま返事をしない。

やがて、まるで自らに言い聞かせるように宣言した。

「明日深夜を以って、ブレアの代官屋敷に夜襲をかける」

もはや配下の誰にも有無を言わせない、強い口調だった。

「お目付け役殿も、ご協力いただけますな？」

「もちろんです。伯爵閣下のお膝元を乱す輩、許してはおけません」

「ありがたい。帝都で天才の名をほしいままにしたローザ卿の剣腕、期待させていただく」

「微力を尽くします」

ローザは誓いを立てるように胸に手を当て、一礼する。


その胸が、ドキドキとやかましかった。

自分が天才かどうかは知らないが、多少なりと自負はある。

しかしローザにとっては、これが初陣なのだ。

緊張するなという方が無理だ。

（ナスタリア伯の御ためにも、下手は打てないわよ、ローザ！）

自分で自分に発破をかける。


その間にもスカラッドは直臣たちに命じていた。

「では各々、ぬかりなく準備をいたせ」

「まさか、ここにいる全員で出陣すると仰せですか……？」

「当たり前だ。この私も出る」

「スカラッド閣下御自ら⁉」

「貴様らにあらかじめ言っておくぞ？」

スカラッドはジロリと一同をにらみ据え――

「もし、その二人組の実力を侮るような者がいれば、絶対に許さん。この愚か者のようにな！」

両手の指を複雑な形に組み合わせた。

そして霊力を高めると、呪符なしに魔法を行使してみせた。いいいいいいいいいいい！

「ギアアァアアアアアアアアアアアアア!!!?!??」

軍議机の上、生首となったラーケンが炎上する。

この世ならざる黒い炎に包まれ、苦悶の絶叫を上げる。

「お、おやめください、長官閣下ああああっ。わ、私は、百年死ぬこともできぬ、亡者にされてしまったのですぅぅぅぅっ」

「そうか。その《黒炎》は呪詛魔術系統の第四階梯。対象を燃やし尽くすまで、永遠に消えぬ」

「いやだあああっ。いっそ一思いにやってくれえええええええええええええええっ」

泣き叫ぶラーケンを、スカラッドは冷ややかに見つめた。

その迫力、理屈を知らずとも伝わるその恐ろしさに、ローザたちは一様に蒼褪めた。

一千の兵を百人ずつ、十の部隊にわける。

ローザら九人の騎士がそれぞれ一隊ずつを預かり、指揮を執る。

残る一隊はスカラッドの護衛だ。

これがブレアの町に夜襲をかける全陣容である。

「長官閣下。偵察兵が帰って参りました。町の中は完全に寝静まっており、また伏兵どころか歩哨(ほしょう)や巡回兵の類すらおらず、自由に歩き回ることができたとのことです」

「代官屋敷はどうなっておった？」

「はい、閣下。堀の跳ね橋は上がっておらず、また外壁の門は表裏ともに開け放たれていたとのことです」

その報告を聞いて、ローザ以外の騎士は騒然となった。

「宣言通りではあるが、まさか本当に門を開け放っているとは……」

「いつでもどうぞお入りくださいというわけか」

「舐(な)めおって……っ」

皆一様に悔しげな顔をしていた。

ローザには理解できない心情だ。

件(くだん)の二人組が、スカラッドの警告通りに油断ならぬ相手であれば、その大胆さに警戒の念を抱きこそすれ、悔しく思っている余裕などない。

逆に口ほどにもない相手であったら、その慢心を笑い飛ばすだけのこと。

スカラッドも偵察兵の報告を聞き、重苦しい声で皆に命じる。

「代官屋敷まで一気に詰めるぞ。息をひそませ、足音を忍ばせよ。私語など以(もっ)ての外だ。相手が慢心しているからこそ、こちらは完璧な夜襲を実行するのだ。そう兵らにも徹底させよ。屋敷に到着した後は五隊ずつにわかれ、表と裏から一気呵成に攻め落とす」

「「「はっ」」」

ローザが、騎士たちが、一礼して拝命する。

そこからの作戦行動は速やかだった。

兵たちが咳すら漏らさず、夜の市街地を疾駆していく。

さすが長官府直属の精鋭部隊だけあって、練度が違った。

名誉と忠義を重んじる騎士階級と違い、兵卒といえば――ラーケンの部下がまさにそうだったが――ゴロツキに毛が生えたような連中というのが、嘆かわしいことに一般的なのだが。この彼らはまるで一線を画している。

一方、それを率いる騎士たちもまた凄腕ぞろいだ。

皇帝騎士こそローザ一人だが、他の八人も中央で腕を鳴らした勇者ばかり。

スカラッドがわざわざスカウトしてきたような連中である。

対して相手は、どれほど強力な魔道士だったとしてもわずか二人。

（スカラッド殿がこれだけ念には念を入れたのだから、さすがに負けはないはずよね……）

ローザは内心そう考えていた。

（あたしの初陣としては幸運……なのかしら。どんな大騎士でも最初はやらかしがちって聞くし、うん、いきなり勝ち目の薄い戦いをやらされるよりは正直、助かるって話よね。やっぱりナスタリア様と出会ってから、あたしにもツキが回ってきている。よし！　落ち着いて、実力を出し切れるように頑張りましょ）

内心そう意気込んでいた。

そう、代官屋敷に到着するその時までは。

ローザは屋敷正面から攻める部隊に参加した。

偵察兵の報告通り、堀の跳ね橋は下ろされたままで、なんなく通行できた。

外壁の堅牢（けんろう）な門も開かれたままで、ここもなんなく通行できた。

どころか屋敷の玄関扉まで、不用心に開け放たれたままだった。

しかし、屋内に突入できない。

先頭を走る兵たちが、思わず足を止めてしまったのだ。

前庭で渋滞を起こしてしまったのだ。

ローザも誰も止まれとは言っていないから、これは命令違反である。

だが、咎（とが）める気にはならなかった。

ローザも感じとったからだ。

完全に灯（あか）りの落とされた、真っ暗な屋敷の中。

無防備に開け放たれたままの、玄関の奥。

その暗闇。
そこに、〝何か〟が潜んでいる。
そこに、〝何か〟が待ち構えている。

正体不明。
しかし、確かに感じるのだ。
濃密なまでの、おぞましくも禍々(まがまが)しい気配が。
ローザは唸(うな)った。
初陣の緊張など消し飛んでしまった。
否、それに十倍する名状しがたい恐怖に塗り潰されてしまった。
騎士の一人——大柄な体軀(たいく)と怪力が自慢の壮年が、兵たちに発破をかける。
「どうした、おまえら？　ここまで来て、怖気(おじけ)づくなよ」
自ら率先して屋敷へと突入していく。
勇敢といえば聞こえがいいが、普段から鈍感で無神経な男だ。
末端の兵士たちですら感じとれる、この禍々しい気配に気づいていない。
「正直、助かる。バカも使いようだな」
また別の騎士が陰口を叩いた。

まさにその時だった。

「グアアアアアアアアアアアアアアアアアアアアアアアアアアアアア!!!」

玄関内に突入した大柄な騎士の、断末魔の悲鳴が木霊する。

「なんだ?」

「いったい何が起こった?」

「わからん……」

兵たちが、騎士たちが、愕然となってささやき合う。

誰もが、両足が地面に根を張ったように、動かなくなってしまう。

すると——

「ククク……ハハハ……ハハハハハハ」

玄関奥の暗闇の中から、嘲笑が殷々と聞こえてきた。

「おいおい、慎重と臆病は似て非なるものだぞ? 仲間の悲鳴が聞こえても、助けには入らないのか? それが当世の軍隊というものか? ククク、いやはや嘆かわしい」

何者かが暗闇の奥から、ローザたちを嘲弄する。

かと思うと、玄関にパッと灯りが点いた。

恐らくは《光明》の魔法によるものだ。

おかげで玄関内の様子が見てとれる。

突入した騎士の大柄な体が、首から先を失い、斃れていた。

その生首が恨めしげな表情で、こちらを見ていた。

そして、その生首を片足で踏みつけて、少年が待ち構えていた。


上から下まで黒ずくめの、上等な仕立ての絹服姿。

歳のころは十代半ばほどか。

整った顔立ちをしている。そして、若さに似合わぬ不敵で精悍な面構え。

同時に、ローザはどこかで見たような既視感を覚える。

結局、彼女は思い出せなかったが、もし帝都に帰還することがあれば、気づいたであろう。

市街のあちこちに建てられている、帝国の開祖カリス帝の銅像。

二百年経った今では誰も知らないことだが、実は本人よりも五割増しで美形に仕立てられたその顔に、この黒ずくめの少年は面影が似ているのだ。

ただしこの少年の方が、修正済みのカリス帝の銅像より凛々しく、より逞しく、より隠せぬ気品がある。

「突入だ！　相手はたったの一人だぞ！」

騎士の一人が、我に返ったように叫んだ。

「行け、行け、行け！　奴に魔法を使う暇を与えるな！」

また別の騎士が、兵士らに命じた。

それで兵らも突入を開始する。

見えない恐怖には怯(ひる)んでも、見える脅威ならば対処できるだけの、日々の調練に裏打ちされた勇気が彼らには凛々(りんりん)とあった。

剣を抜き放ち、次から次へと黒ずくめの少年に躍りかかる。

だが、次から次へと死体と化していく。

黒ずくめの少年は徒手空拳だったが、その拳を無造作に振るうたび、兵士たちの剣がまとめて折れ、肉がひしゃげ、骨が砕け、四肢がちぎれ、臓腑(ぞうふ)がぶちまけられ、鮮血が噴いた。

「なんと恐るべき怪力だ……！」

「いずれ武術の達人に違いないぞ」

「魔道士ではなかったのか？」

同僚の騎士たちが目を剝(む)いて驚愕する。

ローザも同感だったが、このままでは兵を無為に損なうだけだ。

「弓矢を使いなさい！　相手は一人、ハリネズミみたいにしてやるのよ！」

ローザの号令で、まだ突入していない兵たちが一斉に弓矢を構える。

前庭から玄関ホール内の少年へと無数の矢を見舞う。

黒ずくめの少年はよけることもできずに、矢の雨をまともに浴びた。

その全身に数えきれぬほどの矢が刺さり、ローザの言う通りハリネズミのようになった。

にもかかわらず、

「クククク……悪いが、こんなものは今の俺には効かんなあ」

全身に矢が刺さったまま、少年は不気味に笑っていた。

よく見れば、血の一滴も流れていない。

少年は矢をよけられなかったのではなかった。よけようともしなかったのだ。

「では、今度は俺からゆくぞ？」

黒ずくめの少年が宣言した。

同時に、彼の体がほどけた。

刺さっていた矢がまるで寄る辺を失ったように、バサリと一斉に床に落ちる。

その間にも少年の首から上が、無数のコウモリと化して飛散する。

四肢は無数の黒い狼(おおかみ)と化していた。

残る胴体も全てコウモリや狼と化して、四方に散る。

「こいつ、吸血鬼だ！　人間じゃない！　魔道士でもない！　貴族種(ノーブル)以上のヴァンパイアだ！」

博識で知られる騎士の一人が、警告を叫んだ。

しかし、わかったところでもう遅かった。

無数のコウモリと狼が、玄関から前庭へ、濁流の如(ごと)く押し寄せ、襲いかかってくる。

よく見れば、現実感の乏しいコウモリと狼だった。

まるで影絵のように真っ黒で、立体感がないのだ。

そんなのがウジャウジャと押し寄せる様は、悪夢のようにリアリティのない光景だった。

でも、決して夢ではない。

兵らが、騎士たちが、悪夢のような現実に殺されていった。

ある者はコウモリどもに全身に群がられ、百か所以上から血を噴いて絶命した。

ある者は狼に跳びかかられ、押し倒され、喉笛を噛みちぎられた。

凄腕の騎士たちでさえ物量の前にはなす術もなく、黒い波に呑み込まれるように次々と斃れていった。

「ヒアアアアアアアアアアアアアアッッッ」

「来んな！　こっち来んなよ‼」

「……嫌だ……助け……お母さん……っ」

「お願いですからオレの手を食べないでぇ！」

――と、阿鼻叫喚の地獄絵図が顕れる。

その中でローザは一人、周囲を鼓舞し続けた。

「みんな落ち着いて！　こいつら数は多いけど、一匹一匹は大したことないわ！」

自ら手本を示す如く、コウモリや狼どもを迫り来る端から斬って落としていく。

連中は両断しても両断しても、嘘のようにくっついて再生するが、少なくともその爪牙を寄せ付けないことに成功している。

だがそれも、あくまでローザの剣才とタフなメンタルあっての話だった。

余人に真似できるものではなく、兵士や騎士たちは一人また一人と虐殺されていく。

「アハハ……アヒハハ……こりゃ夢だあ。オレは悪い夢を見てるんだアバババ！」

残る最後の騎士が、とうとう恐怖に耐えきれなくなり抵抗を諦めた。

箍（たが）が外れたように笑いながら、狼たちに四肢の先から食われていった。

ローザにしても自分の身を守るのに懸命で、周りを助ける余裕などなかった。

そして、気づけば――

前庭に立っているのは、もうローザだけとなっていた。

コウモリどもが、狼どもが、一斉に退いていく。

屋敷の中、玄関扉が開け放たれたままのエントランスホールに集まり、固まって、再び一人の少年の姿に戻る。

「残ったのは、貴様一人。天晴（あっぱれ）な少女よ、名はなんという？」

「先にあんたが名乗るのが礼儀でしょ、吸血鬼！」

「ははは、まだ吠（ほ）える気力があるか！　気に入った！」

黒ずくめの少年――いや吸血鬼は一頻（ひとしき）り大笑すると、堂々と名乗った。

「カイ＝レキウスだ。見知りおけ」

「皇帝騎士ローザよ。リンデルフ家のローザ！」

剣を構え直し、彼女もまた威勢よく名乗り返した。

いいい、虚勢だ。

肩は疲労で上下している。

膝は恐怖で笑っている。

もう逃げたくて堪らない。

（やっぱり不幸だわ……）

こんなひどい初陣に巡り合わせてくれた、天の配剤を呪いたくて仕方ない。


でも、逃げない。


「あたしをひろってくれたナスタリア様への忠義に懸けて、あんたを討つ！」

肚の底から声と勇気を振り絞って叫ぶ。

そしてローザは剣を携え、突撃を開始した。

玄関広間で待ち構える、強大な吸血鬼へと！

「うむ、見事。その武術、その挫けぬ心、とても少女のものとは思えぬ。誇れよ、ローザ。このカイ＝レキウスが褒めて遣わす」
俺――吸血鬼カイ＝レキウスは、突進してくる少女へ向けて惜しみない賞賛を与えた。
ローザと名乗ったこの女騎士。

体は震えているし顔は強張っているし、およそ強い恐怖を抱いているのは間違いない。

にもかかわらず果敢に攻めかかってくるその勇気、まさに稀有。

いい男が何百人も雁首を並べておきながら、尽く恐怖で我を忘れ、犬死にしていった中で、この少女ただ一人が気炎を吐いてみせたのだから、天晴というしかない。

俺を見据えるその燃えるような瞳たるや、なんたる美しさか。

気高くもあり、健気でもある。

クク。

今の世にも、どうにも俺好みの娘がいるものだな。


しかも注目に値するのはローザだけではない。

女騎士が持つ剣もまた、ただの数打ではなかった。

「はああああああああああああああああ……っ」

いよいよ屋敷に突入してきたローザが、深く重く絞り出すような気勢を上げる。

呼応して脇に構えたその剣の、刀身から紅蓮の如き火炎が噴く。

炎の魔剣の類か。それもなかなかの業物と見受ける。

魔力を帯びた武具は、三百年前の戦乱の世ではありふれたものだったが、魔術が廃れた今世においてはかなり貴重な骨董品だろうな。

この類稀な少女にしてこの業物あり――二つが合わさることで、果たしてどれほどの武の高みを見せてくれるか、はてさて楽しみというもの。

「はああああっ‼」

ローザが裂帛の気勢とともに、鋭い刺突を放ってくる。

ぐっ、と両足をバネのようにたわめると、自らをまるで一本の矢に化さしめたかのように、目にも留まらぬ速度で間合いを詰めてきたのだ。

これは《瞬突》という名の、基本的な武術。

懐かしい。

俺の異母弟――アルはこの《瞬突》を得意とし、奥義の域まで極めていた。

あいつの《瞬突》を初見でかわすことができた者など、俺が知る限り十人といなかったし、あいつ自身は他人の《瞬突》を一度も喰らったことがなかった。

俺は幼少時代、一つ下の弟が持つ天賦の武才を目の当たりにして、武術を学ぶのをやめた。

それはあいつに任せて、俺は魔術を極めることにしたんだ。

――などと悠長なことを考えていられるのも、ヴァンパイアの超人的な動体視力があればこそである。

生前の俺であれば、これが《瞬突》だと知識の上でわかっていても、なす術なく刺し貫かれていただろう。

だが今の俺には在りし日の光景を懐かしみながら、右に体を捌いて避ける余裕があった。

《瞬突(ハガン)》は直線的な軌道でしか攻撃できない。

その突進速度を見切ることさえできれば、回避はたやすいのだ。

と——思っていたのだが、

「まだまだぁ！」

「ほう」

吠えるローザに、俺は軽く目を瞠(みは)り感嘆した。

突撃をあっさりとかわされた女騎士が、そのまま軌道を強引に転回させ、ほとんど速度を落とすことなくもう一度躍りかかってきたのだ。

「面白い！」

俺は今度は横にかわすだけではなく、すれ違いざまにローザの足に足をひっかけた。

それで彼女は「ずるべたーん！」と盛大にすっ転び、勢い余って床の上を滑走していく。

まるで喜劇の如き様相だが、ローザ本人は至って真剣。

「あたしを愚弄する気⁉」

と怒気で真っ赤になりつつ、すぐさま立ち上がってくる。

うむ、いい根性だ。

そんなローザに俺は悠揚と訊ねる。

「今の、《瞬突(ハガン)》の変化ともいうべき武術はなんだ？」

「……変化も何も、ただの《瞬突(ハガン)》でしょ？」

俺の質問の意図を察しかねたように、まるで罠（わな）でも警戒するようにローザが慎重に答えた。

それでもいちいち応答してくれるのは、この娘の根が生真面目なのであろうな。

俺は知的好奇心を満たすため、楽しんで問答を続ける。

「しかし俺の知る限り、《瞬突（ハガン）》は直線的な軌道でしか攻撃できないはずだが？」

「ねえ、まだあたしを愚弄するわけ？　そんな稚拙な《瞬突（ハガン）》しか使えない奴の方こそ、あたしは知らないわよ。かわされた後はどうするっての？」

「なるほど、軌道修正できる方が合理的か」

言うは易しだが、突進速度をほぼ維持しつつ軌道修正を行うなど、俺の知る《瞬突（ハガン）》からどれだけ術理の発展が必要なことか、にわかに想像がつかないレベルである。

「ちなみに、それもかわされたらどうするのだ？」

「もう一回軌道修正すればいいでしょ？　何回できるかは技量にもよるけど」

「ほうほう。貴様は何回できるのだ？」

「それは――って教えないわよ、バカ！」

ローザは目を吊（つ）り上げて、ガミガミと怒った。

生真面目なのもここまでくると、からかい甲斐（がい）がある。

うむ、やはり愛（う）い奴だ。

「とにかくあんた、そんなことも知らないなんて常識がなさすぎじゃない？」

「常識がない……古いか……。フフフ、なるほど。面白い。面白いな！」

「あたしは一個も面白くないわよ！　はーあ……あんた、マジで武術は素人なわけね。それでこの強さってわけね。吸血鬼ってのはそこまでデタラメなわけね」

呆(あき)れと自棄がないまぜになった嘆息が、ローザの可憐(かれん)な唇から漏れる。

俺はくつくつとまだ笑いながら、

「他に面白い技はないのか？」

「武術を見世物みたいに言わないでよ、不謹慎な！」

ローザは憤慨しつつも、炎の魔剣を構え直した。

しかも気づけば、少女の全身から力みが抜けている。

多少のユーモアを含んだ俺との問答を続けるうちに、恐怖や緊張が和らいだのだろう。

ククク、これは敵に塩を送ってしまったかな？

「今度こそ覚悟なさいな、吸血鬼！」

そしてローザはつき合い良く、新たな武術を見舞ってきた。

まあ、《瞬突(ハガン)》を続けても俺には通じぬと悟ったのであろうが。

今度は刺突ではなく、上段から斬りかかってくるローザだが——それにしても《瞬突(ハガン)》と比べて、あくびが出るほど遅い斬撃だった。

こんなものが吸血鬼(おれ)に覚悟を強いる武術だというのか？

俺はたわむれに、剣を振るうローザの手首をつかんで受け止め、抱き寄せようとした。

が、できなかった。

見切りは完璧だったのだが、斬りかかってきたはずのローザはまるで影のように存在感がなく、つかもうにもつかむことができなかったのだ。

つまりはこれは《残影（リグ）》か！

ローザは自分の影をまず先行して俺にぶつけ、本体は時間差をつけて斬りかかってきた。

俺はそのフェイクにまたも感嘆を覚える。

興味深く見物し、よりよく観察できるよう紙一重のギリギリまで引きつけ、回避する。

「くっ。なんて素早い……！」

「そう癇癪（かんしゃく）を起こすな、ローザ。今のは惜しかった。もっとがんばるのだな」

「だから、ふざけないで！」

「ははは！　許せ、許せ！」

ローザの戦いぶりが面白くて、俺は腹の底から笑う。

そう、俺の知る《残影（リグ）》は、もっと違う武術だった。

相手に斬られたと見せかけ、「残念！　それは残影でした！」と不意を衝（つ）いて逆襲する、カウンター技だ。

一方で今、ローザが使ってみせた《残影（リグ）》は、斬りかかったと見せかけて影でしかなかったという、フェイント技だ。

俺の知る三百年前の《残影（リグ）》より、遥かに応用範囲が広い。

これはなんとも興味深いな。

俺が転生するために要した三百年の間に、「魔術」は目を覆いたくなるレベルで廃れていた。

しかし、「武術」は進化・発展しているというわけか。

ふむ。ふむ。なるほど。

魔術は万能である。

ゆえにその術を心得た者は、個人にして万軍に値する。

ゆえにそれを危険視した帝国とやらは、魔術を禁じて秘匿した。

一方、武術は所詮、一人を斃すための技術である。

それをどれほど極めようと、一万の敵に個人で対することは不可能だ。

それは最強戦士のアルでさえそうだった。

ゆえに帝国とやらも、禁じるまでもなかったということか。

ゆえに三百年の間に自由に広まり、多くの者によって研鑽(けんさん)され、発展したということか。


「だったら、これならどう⁉」

業を煮やしたローザが、とうとう大技に踏みきった。

恐るべき速さで斬撃を連続して叩き込む、《乱華(ファラッシュ)》という武術だ。

俺が知る限り――腕に覚えのある者なら四連撃、達人と呼ばれる者なら八連撃、アルであれば十二連撃を打ち込むことができた。

さて、ローザよ。貴様はどうだ？

「はあああああああああっ！」

天を衝くが如き気勢とともに、ローザの剣が尋常ならざる速度で繰り出される。

一、二、三、四、五、六、七、八、九、十、十一、十二——

——十三！

俺はローザに右腕を断ち切られながらも哄笑した。

「ははは、超えたぞ！」

信じられん！　信じられん!!

「この娘、あのアルを超えおった!!」

込み上げる感情を抑えることができず、笑い続けた。

別に《乱華》はアルの切り札というわけではないのだが、それでも、ただの技の一つでもあの天才を超える者が実在したことに、俺は感動を覚えたのだ。

だから褒美に腕一本、敢えて断たせてやったのだ。

「ククク……まさか《乱華》の十三連撃とはな。当世の武術でも、これが当たり前なのか？」

「それこそまさかよ。《乱華》の十三連が打てた人間なんて、あたしが史上初だって筆頭皇帝騎士様が仰ってたわ」

「ローザ、貴様が天才でよかった！」

当世では凡人でも十三連が打てるだなどと言われたら、アルが浮かばれないからな。

「しかも貴様、剣の方まで真価を秘めておったか」

残心によって少女が構え直した魔剣を、俺はしげしげと検分する。

先ほどまでは真紅の炎を纏っていた刀身が、今は蒼い炎を噴いていた。

ローザが《乱華》を打つ寸前、色を変え、また火力を劇的に高めたのだ。

また俺の右腕に目を向ければ、切断面が焼け爛れている。

斬り落とされた右手の先も同様だ。

真祖の持つ不死性があればこそこんなものですんでいるが、もしなければ俺の腕は今ごろ松明のように燃え上がっていたに違いない。

「拵えが変わっていたから気づかなかったが……虹焔剣ブライネか。これまた懐かしい。すると貴様は、アルベルトの末裔ということなのかな？」

「ハァ⁉　なんであんた、そんなこと知ってるわけ⁉」

言い当てられたローザが、心底驚いたように素っ頓狂な声を出した。

「そのブライネは、俺が練造魔術で手ずから鍛えたものだからだ。そして、側近の一人だったアルベルトに下賜したものだからだ」

俺が数多打った魔剣の中でも、会心の出来ともいえる大業物だ。

使用者の霊力（生命力と言ってもいい）を吸い、魔炎に変換する特性を持たせた。

また剣に与える霊力の量は使用者の自在で、捧げれば捧げるほど炎はより強力なものとなり、赤から青へ、青から白へと色を変える。

ローザのような若く健康な者ならば、紅炎を一時間ほど連続使用しても、翌日疲労が残る程度だろう。

しかし蒼炎となると話が変わる。ものの十分も刀身に纏わせていれば、命に関わる。

だから彼女も必殺の《乱華》を放つ瞬間だけ蒼炎に切り替え、今はもう元の紅炎に戻していた。

「アルベルトが一番大切にしていた剣だ。しかし貴様のような天賦の剣士に伝わったのであれば、あいつも本望であろうよ」

「で、デタラメ言わないでよ！　ご先祖様の気持ちを捏造しないでよ！」

「あいつのことは俺が一番よく知っているのだが……まあ、信じられないのも無理はない」

ローザにとっては遥か三百年前の話だからな。

とはいえ、彼女も由緒をまるで知らないわけではないらしい。

「聞きなさい、吸血鬼！　あたしのリンデルフ家は元をたどれば分家だし、主家はもう取り潰されてしまったけれど、確かにこの虹焔剣ブライネは始祖アルベルトから代々伝わった宝剣よ。でも、あんたみたいな吸血鬼風情がそれを知っているわけがないし、ましてご先祖様の気持ちを適当にでっちあげるなんて侮辱は許さないわ！」

「見上げた気概よな。俺もアルベルトの誇りを汚す者は絶対許さん」

「だ、だから――」

「今までの武術への返礼に、そして今の気概への褒美に、俺も魔術の『ま』の字くらいは見せてやろう」

俺は霊力を高めながら、まず右手を振るい、燻《くすぶ》っていた炎をかき消す。

すると床に落ちていた右手の先が無数のコウモリとなって飛び立ち、俺の右腕の切断面に群がり、固まり、元通りに再生させる。

それを待って、俺は両手の指を複雑に組み合わせた。

「結印」と呼ばれる魔術式の一つだ。

俺は素早く編んだ式に高めた霊力を注ぎ、術を完成させる。

「きゃっ⁉　な、なによコレ⁉」

たちまちローザが慌てふためき、悲鳴を上げる。

この勇敢な少女といえど、さもありなん。

俺の魔術により、ローザの足先から腰にかけて肉体が石となっていったからだ。

呪詛魔術系統の第四階梯、《石化《ザルジ》》である。

本来は全身が石と化す魔術なのだが、俺は任意の一部分だけを石化するよう精妙なコントロールが可能だった。

「さて、降伏の言葉を聞かせてもらおうか？」

俺は意地の悪い笑みを浮かべ、ローザを揶揄《やゆ》する。

しかし彼女はあくまで強情で、

「冗談じゃないわ！　あたしはまだ負けてなんかないっ」

「ククク、まあそう意地を張るな。下半身が石と化した状態で、どうやって戦うつもりだ？」

「見てなさいよ！」

ローザは威勢よく啖呵（たんか）を切ると、思いきり歯を食いしばる。

何をする気かと俺が興味深く観察していれば——なんと石と化した両足を動かすため、渾身（こんしん）の力を振り絞っているらしい。

「意気は認めるがなあ。無駄な努力は虚（むな）しいとは思わんか？」

「うる……さいっ……。黙って……な……さい……っ！」

人の忠告に耳を貸さず、ローザはあくまで膂力（りょりょく）を捻出し続けた。

歯を食いしばるどころか軋（きし）らせ、血圧の上昇で顔が真っ赤に染まった。

そして——


ずり…………ずり…………。


床板の上で石を引きずる重い音が、確かに聞こえてくるではないか。

無論、ローザの足音だ。否、石化して上がらない両脚で、必死に擦り足を続ける音だ。

その速度は蝸牛（かたつむり）が這（は）うよりも遅い。形勢好転には程遠い。

だが確かにローザは進んでいるのだ。俺の首を獲りに来ているのだ。

ただ気力と根性のみで！

「はははははははははははは！」

俺は哄笑した。

今日、二度目の呵々大笑（かかたいしょう）だ。

この俺ともあろうものが、この娘一人に二度も驚かされたのだ。

まさかアルの《乱華（ファラッシュ）》を超えた次は、俺の《石化（ザルジ）》に抗（あらが）ってみせるとは！

「見事だ。見事という他ないぞ、騎士ローザ」

不屈の闘志を持つ少女の、〝魂の前進〟とでも呼ぶべき行為を、俺は心の底から絶賛する。

だから、未だ歯を食いしばり続けるローザに、こう訊ねずにいられなかった。


「俺の眷属（けんぞく）になる気はないか？」


「……どういうこと？」

ローザが一瞬きょとんとなって足を止める。

吸血鬼の生態に精通していないだろう彼女には、意味がつかめなかったのだろう。

俺は懇切丁寧に説明してやる。

「貴族種（ノーブル）以上のヴァンパイアはな、己の血を逆に他者に飲ませることで、その者もまた吸血鬼化させ、己が眷属とすることができるのだ」

「あたしをあんたの奴隷にしようっての⁉」

「そうではない。眷属といえど、自由意思までは奪えぬ。事実、〝親殺し〟を果たした吸血鬼の例は枚挙に遑がない」

むしろヴァンパイアに転生することには、ローザの方に多くのメリットが存在する。

「心の強さは魂の強さ――おまえほどの女が真祖の血を飲めば、貴族種や王侯種として生まれ変わることもできるだろう。強大な力と不死性を持つ正真の超越種となり、その可憐な美貌と若さを保ったまま千年以上も生きることができるのだ。魅力的だと思わんか？」

要するにだ。

俺の配下にならないか、代わりにヴァンパイアにしてやると、先ほどからスカウトしているわけだ。

「正直、眷属のヴァンパイアなどよほどのことがなければ、作る気はなかったのだがな」

俺は決して吝嗇ではないが、分に不相応の褒美を施して回って悦に浸る田舎成金でもないのでな。

授ける相手と褒賞は吟味する主義だ。

そして、この娘はそのよほどだと思ったのだ。

俺の人材収拾欲ともいうべきものが、三百年ぶりに疼いているのだ。

「どうだ、ローザ？」

「恩着せがましいことを言わないでよ。お断りだわ？」

「まあ、そうだろうなあ」

俺はあっさりと諦めた。

もちろんローザが惜しくないわけではない。だが彼女が折れない心の持ち主である以上、主を変えることもまたあり得ないのが道理。

「おまえが俺の血など要らぬというのはわかった――」

わかりきっていた返事だ。わかりきっていてなお口説きたくなる女だったのだ。

だから、未だろくに身動きのとれないローザに、こう言わずにいられなかった。


「――だが、俺はおまえの血に興味が湧いた」


「え……」

ローザの顔面から、サーッと血の気が引く。

これから自分が何をされるか、気づいたのだろう。

「あんた、本気⁉　冗談抜きにあたしの血を吸おうっての⁉」

「おいおい、まさか吸血鬼に剣を向けておいて、こうなる覚悟もしていなかったのか？」

俺は再び口角を意地悪く吊り上げ、からかいながらローザの方へ向かう。

ローザも再度、石となった両脚を動かそうとするが、哀しいかな蝸牛の歩みでは俺から逃れられる道理がない。

また往生際悪くも剣を振り回して俺を寄せ付けまいとするが、所詮は腰の入っていない手打ちの太刀筋だ。真祖の身体能力を得た今の俺は、いともたやすくローザの右手首をつかみ、無力化する。

それでローザも観念したように歯噛(はが)みする。

「くっ……。好きにしなさいよ。どうせあたしの血なんて美味しくないんだからっ」

俺はローザの右手を押さえたまま、吸血しやすいように彼女の後ろへと回る。

「さて、それは試飲してみないとわかるまい？」

「試飲て！　どこまであたしを愚弄する気よっ」

ローザはガミガミと言いつつ、もう抵抗はしなかった。

「ククク。気丈な女が、急にしおらしくなったな？」

「この状況じゃあ諦めざるを得ないでしょ！」

「――と言いつつ、時間を稼いで援軍を待つか？　裏手から別働隊が攻めているのだろう？」

俺が指摘するなり、ローザはギクリと上半身を強張らせた。

生真面目で、強情で、そして嘘のつけない女だ。

ますます愛い。

「賭けてもいいが、そいつらはこの屋敷の敷地を一歩も踏むことはできんぞ？」

俺は今すぐうなじに牙を立てる欲求を圧して、彼女との会話を楽しむ。

「そんな……まさか……」

と、愕然となるローザの反応を愛でる。

ただし決して彼女を追い詰めて――そして可愛いらしい一面を暴いて――みたいばかりに、ブラフを口にしているわけではない。

真実、裏手からの夜襲は成功しない。

そこを守るのはレレイシャなのだからな！

代官屋敷の裏手から攻める、計五部隊。

その先鋒(せんぽう)を務めるのは、騎士デルムンド率いる百人だった。

デルムンドは三十四歳の強力な騎士だ。

だが素行の悪さから中央でのエリートコースを外れてしまった、凶状持ちとしても知られていた。

もし長官スカラッドにひろわれていなかったら、今ごろ野良犬みたいな暮らしを余儀なくされていただろう。

しかしだからといって、別に恩義に報いようだなどと殊勝なことを考えないのが、デルムンドという男であった。

この夜、先鋒を務めたのも単に腕に覚えがあって、一番手柄の褒賞狙いにすぎない。

彼と彼の部隊はズカズカと、下ろされたままの跳ね橋を渡り、堀を越えた。

そして、開け放たれたままの裏門前にたどり着き――そこで全員、足を止めた。

門の向こうの裏庭に、美女が待ち構えていたからだ。

花嫁衣装をやや簡素にしたような、純白のドレスをまとっていた。

場違いにもほどがある格好だ。こんな夜更け、曰(いわ)くつきの代官屋敷というのも相まって、幽霊に出くわしたかのような感がある。

しかし、デルムンドは大胆不敵に言い放つ。

「すこぶるつきの美女じゃねえか。こりゃ味見するしかないね」

たちまち兵士たちもまた囃(はや)し立て、口笛を吹く。

「デルムンドの旦那、飽きたらオレたちにも回してくだせえ」

「へへへ、あんな別嬪(べっぴん)、こんな田舎じゃ見たこともねえや」

「さぞや抱き心地もいいんだろうぜ」

「ローザ様もイイ線行ってるけど、まだまだ小娘だしなあ」

「ヒヒヒ、こいつぁツイてる。思わぬ役得って奴だぜ」

「おいおい、ワシら百人の相手をさせた日には、ぶっ壊れちまうんじゃねえか?」

「別にいいだろ?　殺すも壊すも大した差はねえさ」

「それもそうだ。違えねえ」

口々に下卑たことを言う兵士たち。

よく訓練された彼らが、私語を慎むべき作戦行動中にタガを緩めずにいられない。

門の向こうの蒼髪の美女は、目にしただけで男を昂(たかぶ)らせ、正気ではいられなくさせるような、魔性の魅力を備えているのだ。

デルムンドらは彼女の正体を知らなかったが、無論、カイ＝レキウスに仕える忠実なる魔術人形(サーヴァント)

レレイシャである。

「愚かなお猿さんたち？　もし人の言葉を解する知能があるなら、お聞きなさいな」

そのレレイシャが冴え冴えとした月光を浴びながら、口角を吊り上げるようにして凄絶な微笑を浮かべた。

「一つ——私は犬コロではありません。口笛を吹くのを今すぐおやめなさい」

彼女がそう言うが早いか、デルムンドの周囲で異変が起きた。

口笛を吹いていた兵士らの首が——なんの前触れもなくゴロンと——地面に落ちて転がったのだ。

「なっ っっ、なんだこれ⁉」

「何が起きた⁉」

「うおおおおおおおテッドォォォォォォ⁉」

いきなり死体と化した同僚たちの惨状を見て、残る兵士たちが悲鳴を上げる。

なぜ、どうやって彼らが首を刎ねられたのか、見当もつかない。

デルムンドも何がなんだかわからない。

その騒動などどこ吹く風で、レレイシャは続けた。

「二つ——私の体は髪の毛一本に至るまで、全て我が君のものです。お猿さん如きが触れていいどころか、その汚い目で見ることすら許されません」

さらに多くの兵士たちが、その場で首を刎ねられ、斃れていった。

そんな中でデルムンドだけはさすが、レレイシャの攻撃法を看破していた。

（糸……糸か？　ほとんど見えねえくらい細くて鋭いモンで、斬り飛ばされてるのか⁉）

無数の鋼糸が虚空を踊り、返り血も付着しないほどの速さと鋭さで兵士たちの首を両断する様を、月光をわずかに照り返す光沢から目で捉えることに成功した。

それに気づけば、レレイシャの手元がほんのほんのわずかに動き、無数の糸を巧みに操っていることもわかった。

「三つ――我が君の御目が届かない場所でなら、私はどこまでも残酷になれるのです」

わかったところで、デルムンドにはどうしようもなかった。

高速で動く、無数の、視認さえ難しい鋼糸など、かわしきれるものではない。

麾下の兵士ら百人同様、首を刎ねられ、裏門の前に死体を横たえた。


一方でレレイシャである。

「あらあら、他愛のないこと」

敵兵の百人ほどを鋼糸で屠殺し、なお妖艶にほくそ笑んだ。

だが、まだ跳ね橋を渡っていない敵兵が、四百ほど残っている。

「次はどなたがお相手してくださるのかしら？　さあ、かかっていらっしゃいな？」

その連中に向かい、レレイシャは挑発した。

降参しろだとか命が惜しくば逃げろだとか、その手の勧告はしない。

（だって私、あなたたちを一人とて、生かして帰すつもりはないのですもの）

この者らは畏れ多くもカイ＝レキウスの殺害を企む、不届き者どもだ。

絶対に許さない。

万死に値する。

レレイシャにとって忠義(あい)とはそういうものだ。

「来ないの？　屈強な男がそれだけ雁首を並べて、か弱い女一人が恐(こわ)いのかしら？」

「黙れ、魔女」

レレイシャの挑発に、後続の部隊を率いる騎士らしき男が悪態を返そうとするが、口調にまるでキレがない。

すっかり怖気づいている証拠だ。

まあ、目の前で同僚が百人、瞬く間に殺し尽くされてしまっては、致し方ないか。

（じゃあ、一つサービスをしてあげましょうか）

レレイシャは玲瓏(れいろう)たる顔(かんばせ)を邪悪な笑みで彩ると、跳ね橋の前でまごまごしている敵兵どもに向かって告げた。

「私は我が君より、『生かしたまま一歩も敷地を踏ませてはならぬ』と仰せつかっております」

「そ、それがどうしたっ」

「わかりませんか？　私にとって、我が君の勅命は絶対。それを違えることは、自刃に値すべき失態だということですわ」

「つ、つまり、我々の誰か一人でも、その門の向こう側に到達すれば、貴様は自害してみせるということだな⁉」

「ええ、その通りです。カイ＝レキウス様の御名に誓って！」

レレイシャは形の良い胸に手を当て、高らかに宣誓した。

それを聞いて、敵兵や騎士たちの顔つきが変わる。

肚の据わった表情になる。

「行くぞ――」

「この中の誰か一人でいい、あの門の向こうまでたどり着くことができれば、我らの勝ちだ」

「脇目も振らず、一心不乱に駆け抜けよ！」

騎士たちの号令で、兵士たちが列をなして駆け出す。

跳ね橋を渡り、堀を越え、レレイシャの守る裏門を目指す。

その間にも一人、また一人と彼らの首がとんでいく。

レレイシャの鋼糸によって、胴と頭が生き別れになる。

「怯むな！」

「同僚（とも）の屍（しかばね）を越えていけ！」

「決して振り返るな！」

「無駄死ににしてやるな！」

「走れ走れ走れ走れ！」

肚の据わった男どもが、本当に脇目も振らず走り続ける。

次々と味方を失いながらも、部隊の先頭がついに橋を渡り終える。

そのまま怒涛と化して、裏門へと肉薄する。

とうとう一人が、裏門を通過する――


――否、通過する過程で、細切れの肉片と化して息絶えた。


その彼は死ぬまで気づかなかっただろう。

開け放たれたように見えた裏門が、その実、レレイシャの鋼糸がびっしりと張り巡らされたデストラップであったことを。

そこを通り抜ければ、鋼糸で全身バラバラに切り刻まれることを。

開いていたのは、まさしく死神の顎門でしかなかったことを。

「待てえ！」

「止まれえ！」

気づいた先頭部の兵士たちが、後続に制止と警告を叫ぶが、もう遅い。

一心不乱に走っていた集団の勢いが、そう簡単にストップできるわけがないのだ。

後から後からやってくる味方に背中を突き飛ばされ、前から前から順番に死神の顎門へ飛び込んでいく。

バラバラ死体が量産される。

「あはは！　あはははははははは！　我が君の勅命だと言ったでしょう⁉　絶対に――どんな手段を用いてでも通すものですか、あははははははははは！」

連中の愚かさ、浅ましさが、レレイシャにはおかしくて堪らなかった。

彼女が敬愛するカイ＝レキウスに、従う者たちには慈愛を与えん。

されどカイ＝レキウスに刃向かう者には死を！

それも無残なる死を！　死を！　死を‼

連中も異変に気づき、ようやく全体が止まったころには、三割ほどがコマ肉になっていた。

橋を渡る途中で――実は手加減していた――レレイシャに首を刎ねられた者たちも差っ引いて、残りは二百人強ほど。

「ゴール不可能、でも命懸けの全力疾走、ご苦労様。せめてご褒美に、もう少し人間らしい死に様を与えて差し上げます」

レレイシャは十本の指と、そこから伸びる無数の糸を操った。

より複雑に。玄妙に。

すると生き残った兵士や騎士どもが、自らの体に起きた異変に気づく。

「な、なんだ……？」

「俺の手が勝手に……動く？」

兵士や騎士どもが、手にしていたその剣で刺し貫いた。

隣にいた味方の腹や、喉首を。

「うわあああああああ⁉」

「テ、テメエ、裏切ったか⁉」

「オマエこそオレの足を刺しやがって！」

「や、やめろ！　斬るな！　斬るな！」

「オレは味方だぞ⁉」

兵士や騎士どもが裏門の前で、盛大な同士討ちを始めた。

自らの意思ではなくレレイシャの思うまま、糸で操られるままに。

「人間のはずのあなたたちが、魔術人形（サーヴァント）たる私の操り人形になる気分は如何（いかが）かしら？　でも感謝してくださいな。人間って戦争だなんだ、人間同士で殺し合うの――大好きでしょう？」

代官屋敷、その裏庭に木霊する。

魔女の嘲笑と、男たちの悲鳴が。

俺――カイ＝レキウスは想像していた。
ミルの血はまるで搾りたての牛の乳のように、鮮烈且つ濃厚な味わいだった。

ではこのローザという少女の血は、どんな味がするのだろうか？

人それぞれ風味が異なることはもう知っている。

畜生にも劣る奴輩の血から腐臭がしても、それは構わない。願わくばこの好ましい気質をした少女の血が、ミルのそれのように美味なるものならば、吸血鬼として得た新たな生はきっと愉(たの)しいものになるだろう。

と、そんな想像を胸中で弄びながら、ローザに迫っていく。

彼女のすぐ背後に立ち、剣をにぎる彼女の右腕を後ろ手に押さえたまま、彼女の表情を覗(のぞ)く。

「不幸だわ……」

援軍も来ず、ここに至ってすっかり観念したローザは、天を仰ぎ、呪うように独白した。

さしもの気丈な彼女も涙目になっていた。

男ならば誰でも、本能的な嗜虐(しぎゃく)心をそそられずにはいられないだろう。

俺は空いた方の手でローザの後ろ髪をかき上げ、真っ白なうなじを露わにした。

そこから薔薇の如く高貴な香りが昇り立つ。

彼女固有の血の匂いだ。

ヴァンパイア独特の嗅覚が、そう告げていた。

俺はもはや込み上げる吸血衝動に抗わず、少女の華奢(きゃしゃ)な首筋に牙を立てた。

一瞬痛みが走ったのだろう、ローザが小さく喘(あえ)いだ。

その初々しさすら堪能(たんのう)しつつ、俺は彼女の血を啜(すす)る。

ミル同様に、得も言われぬ美味であった。

ただしミルの血とは、まるで味わいが異なる。

ローザのそれは、例えるならば薔薇を溶かして液体にしたような、凛(りん)としたフレーバー。

俺はしばし陶然となって、彼女の血を味わう。

そして吸血に伴うヴァンパイアの魅了の力によって、ローザもまた陶然たる官能を味わわされているのだろう。

「ウソ……ウソ……何これ……っ」

彼女は愕然となって声を震わせていた。

その心情が俺には手にとるようにわかる。

噛まれる痛みに耐えようと身構えていたところへ、苦痛どころかまるで真逆の快感にいきなり襲われて困惑しているのだ。

痛覚にならば耐えられても、快楽には抗いがたく、そら恐ろしさを覚えているのだ。

「無理をすることはない。その愉悦に存分に溺れるがいい」

「い、嫌よっ。誰がそんなっ」

「ククク、ならばどこまで抗えるか、試してやろう」

俺は再び牙を突き立て、より強くローザの血を吸った。

たちまち少女は背を弓なりに反らせて悶(もだ)えた。

衝撃のあまりか、宝剣たるブライネも取り落としてしまう。

「やめろっ……やめなさい……よっ」

嫌がりながらも、ローザの声はだんだんと甘い響きを帯びる。

真っ白だった彼女のうなじがだんだんと紅潮していき、しまいには耳たぶの裏まで赤くなる。

体を小刻みに震わせ、切なそうにもじもじとさせる。

「お願い……だからっ。もうっ、許して……っ」

仕舞いには涙混じりに哀願してくる。

さっきまでの強気はどこへやらだ。

もし下半身が石化していなかったらとっくに腰砕けになって、へたり込んでいただろう。

天才的な剣士でも、タフなメンタルの持ち主でも、やはりまだ少女だ。

未知の官能と快楽には勝てず、すっかりしおらしくなってしまった。そしてそんな態度こそが、かえって男の心に火を点けてしまうことすらも知らないのだろう。

俺はさらに貪るように、彼女の血を啜り立てた。

ローザはもはや聞き間違えようのない嬌声(きょうせい)を、喉も裂けんばかりに叫んだ。

彼女の心の鎧(よろい)を、完全に剝ぎ取るのも時間の問題。

いよいよ楽しいのはここから。

「——だと、いうのにな」

俺はローザのうなじから口を離すと、舌打ちした。

同時にそれが「短嘯(たんしょう)」の魔術式になっている。

俺は《障壁(ガル)》を用いて、不可視の防護壁を作り上げた。

自分の身を守るためというよりは、ローザのことを守るために。

直後、激しい炎が波となって押し寄せ、俺の《障壁(ガル)》とぶつかり、鬩(せめ)ぎ合った。

もし俺の《障壁(ガル)》が間に合っていなかったら、真祖たるこの身はともかく、ローザの命はなかったに違いない。

「ローザと諸共に焼き滅ぼそうとは、やり口が卑劣にすぎんか？」

俺は正門の向こう、新たに跳ね橋を渡ってきた一団へ、侮蔑の視線を投げかける。

「黙れ、吸血鬼が！」

「ヴァンパイアに血を吸われた者は、ヴァンパイアになる！　その前に焼き葬ってやるのも、一つの慈悲よ！」

その一団――俺たちへ向けて《火炎(ラム)》の一斉射を放ってきた魔道士どもが、口々に批難の言葉を唱えた。

連中の言う通り、吸血鬼に血を吸い尽くされて死んだ者は、下等種(レッサーヴァンパイア)の吸血鬼という他の吸血種とはまるで異なる、憐(あわ)れな存在に堕す。上位吸血種に血を与えられ、通常種(ノーマル)や貴族種(ノーブル)等の眷属に生まれ変わるケースとは違い、こちらは完全に自由意思のない奴隷である。

しかし俺は、このローザという気丈な娘が気に入ったのだ。

ゆえに眷属ならばともかく、奴隷になどしてその魂の尊厳を冒すようなもったいない真似、するものかよ。

とはいえ……まあ、説明しても詮無きことか。

未だ快楽の海に意識が溺れたままの様子のローザを、俺は一層強く抱き寄せつつ魔道士どもと相対する。

この格好では「結印」も「刻印」もできないが、ハンデをやろう。

相手はざっと二十人。

全員が新たな呪符を取り出し、構えている。

それなくては術も使えぬ、嘆かわしき現代の魔道士連中。

「観念しろ、ヴァンパイア！」

「貴様一人の霊力で、我ら全員の魔法をいつまで防ぎきれるか、試してくれよう！」

「もし三度(みたび)耐えられたら、称賛してくれようぞ！」

「そぉら第二波、喰らえい‼」

魔道士たちが一斉に、俺たちへと目がけ呪符を投じた。

今度は《火炎(ラム)》ではなくて、《冷波(ハルト)》であった。

三百年前に、この俺自身が編纂(へんさん)した系統立てに従えば、同じ四大魔術の第一階梯。

真っ白な冷気が大気を凍(い)てつかせながら、さらに俺たちを氷漬けにせんと迫る。

一方、俺は両手でローザをかき抱いたまま、両足の爪先を使って複雑なリズムを刻んだ。

これも「反閇（へんばい）」という魔術式だ。

それを用いて四大魔術系統の第四階梯、《業炎（ナーアスク）》を放つ。

現代魔道士二十人分の霊力を遥かに超える火力を以って、迫る冷気を焼き尽くし、さらに勢い余って魔道士どもを焼き払う。

「ぎゃあああああああああああっ」

「ひぃっ！　ひぃぃぃっ！　火があああああっ」

「いぎぐああああああああっ」

連中は誰も抵抗できず、火だるまと化して苦しみもがき、端から堀へと落ちていった。

戦乱の世を生きた俺からすれば《業炎（ナーアスク）》程度は児戯にも等しいのだが、泰平のぬるま湯で育った連中には少し灸（きゅう）がキツすぎたか。

あれだけ雁首そろえば、少しは術比べの真似事ができるかと思ったが――つまらん。

俺がそう落胆した時のことであった。

「さすがは人を超えた霊力を持つという吸血種だな。たかが《業炎（ナーアスク）》でこれほどの威力になるかよ」

俺の火炎魔術の余波で、燃え盛る跳ね橋を踏み越えて、老人が姿を見せた。

骨と皮ばかりで、毛髪もなく、まるで骸骨の魔物じみた老人だ。

真打登場。

長官スカラッドというのは、こいつだろう。

「だがな、吸血鬼。ただの霊力自慢では、真の魔術には太刀打ちできん。自前の霊力に頼っているうちは、三流にすぎぬということを教えてやろう」

「ほう」

ようやく少しは骨のある奴が出てきたか？

長官スカラッドの講釈は続いた。

「この世界の天地に満ち満ちる霊力、あるいは異界の神・霊・妖・魔どもの次元違いの霊力、それらに比ぶれば、我ら人が持って生まれる霊力など、所詮は大同小異のちっぽけなものよ。人に十倍する霊力を持つ貴様ら吸血鬼とて変わらん。その尺度で測れば、結局は五十歩百歩にすぎん」

「うむ、然り。然りだ」

その考え方で的を射ていると、俺は鷹揚に首肯する。

するとスカラッドは一瞬、警戒するように黙りこくったが、またすぐに講釈を再開した。

「今の世で『魔法』と称されておるものは、所詮は自前の霊力頼りの、階梯の低い児戯にすぎぬ。だが三百年前の戦乱の世に、たった一人の天才によって、一大技術として編み出された、『魔術』の真価は全く異なるものなのだ。それは天地に遍く巨大な霊力を、あるいは異界に在る次元違いの霊力を利用することで、人の身を遥かに超えた奇跡を起こさんとする御業である」

「うむ、その通り。それぞ魔術だ」

俺はローザを放して前に出ると、惜しみのない拍手を送った。

いやはや、ちゃんといるではないか。

今の世にも、多少は術を心得ている者が。

大陸全土でそれぞれの門派、流派で秘伝される業や知識を暴き立て、その膨大なる全てを一つの技術に集約・編纂・体系化せねばならなかった――俺の三百年前の努力が、無駄にならずにすんだと正直ホッとしたぞ？

「……聞け、吸血鬼」

「おう、楽しんでいるぞ。いくらでも語るがよい、スカラッド。許す」

「……貴様がどれほど霊力自慢で、どれほど強力な魔法を使おうと、ワシが使う魔術には決して敵わん」

そう、その通りだ。

ただの霊力自慢では、魔術の階梯を極めることはできない。

必要なのは、努力。

ただひたすらに、純粋無比の、鍛錬、鍛錬、鍛錬。

知識を貪り、技を磨き、汗をかいて、もがいて、精根尽き果てて……。

例えるならば、万の階段を登りきるような努力の果て、もうこれ以上の高みはなかろうと到達した先で、喜びとともに広く景色を見渡して、だが、そこがまだ頂への途上でしかないことを知る……。

在るのならば仕方がない。絶望を振り払い、もっともっと高みを目指して、また努力を繰り返す……。

その境地を、俺は三百年前に「階梯」と表現し、命名したのだ。

断言しよう。

世界で最も霊力に恵まれた、だが怠け者の魔術師と、

世界で最も霊力の乏しい、だが歩みを止めぬ魔術師。

二人が術を競えば、後者が百パーセント勝つ。

それがこの俺、カイ＝レキウスが編み出した「魔術」という術理だ。

「ただな、今の貴様の解釈には一つだけ誤りがあるぞ、スカラッドよ」

「……どこがだ？」

「貴様は『たった一人の天才によって、一大技術として編み出された』と言ったな？　そこが誤りだ。

その者は天才などではなく、ただの努力家だ。魔術は才能に依らずと、自分で言っていて、矛盾に気づかなかったか？」

「む……っ」

そう、生前の俺は決して、天才などではなかった。

天才というのは、例えばアルの剣のことを言うのだ。

俺はただ、世界で二番目に努力した誰かの、万倍のそのまた万倍、努力しただけにすぎぬ。

俺が目指す階梯の頂に、もし魔術の神が実在するとすれば、そいつは絶対に才能などというもの

を認めないし、楽を許さぬのだから。

「講釈は終わりか？　ならばそろそろ、術比べと洒落込もうではないか、当代の魔術師よ」

「……吸血鬼。貴様も本当に魔術師なのか？」

「俺が詐欺師やただの勘違い男かどうか、貴様の魔術で暴いてみればよかろう」

「それもそうだな」

スカラッドは神妙にうなずくと、両手の指を複雑に組み合わせ、「結印」した。

加えて、呪文の「詠唱」を始める。

「許し賜え、許し賜え、人知善悪を超越する者よ。人の身では理解及ばぬがために、御身を『悪魔』と呼ぶ蒙昧を許し賜え――」

「ほう。よいぞ、よいぞ。戦乱の世の臭いが、にわかに立ち込めてきたではないか！」

いよいよ俺も昂揚してくる。

そう。

「詠唱」こそが最も高等で、最も秘され、最も強力な起動式だ。

無詠唱で使えるのは、せいぜい第六階梯止まりの児戯にすぎぬ。

ああ、今の世では児戯ではなく、魔法と呼ぶのだったかな？

スカラッドは己の霊力を高め、「結印」と「詠唱」を併用し、さらに異界の超越的存在の霊力を借り受けることで、その異界へと通じる門を開いてみせた。

虚空に影の如き漆黒の穴が顕現し、そこから〝何か〟が這い出てくる。

人の形に似た姿をしているが、四本の腕と四メートルの背丈を持つ巨人。

魔界の辺境部で一族をなしているといわれる、ネダロスと自称する悪魔だ。

スカラッドは召喚魔術系統の第七階梯を用いたのだ。

「ネダロスの勇者よ！　その不遜なる吸血鬼を、御身の贄に捧げます！」

『異界のネズミよ。貴様の願い、聞き届けてやろうぞ！』

さすがは超越的存在。

俺たちの言語をあっさり解し、四本の腕を振りたてながら、俺の方へと迫ってくる。


しかし、その時には俺の呪文も完成していた。


「炎霊界より来たれ、赤の王。我が眼前の敵を疾く討つべし」

これは術比べゆえに、相手の得意に乗ってやる。

俺も召喚魔術系統の第八を用いて、虚空に真紅の穴を開通させる。

貌のない炎の巨人を顕現させ、ネダロスにけしかける。

『精霊風情が、このネダロスの勇者に歯向かうか⁉』

スカラッドの召喚した悪魔が哄笑し、四本の腕でイーフリートに組み付いた。

そして哄笑しながら俺の召喚した炎の巨人を抱いて、一人でに焼かれて燃え尽きた。

まさに自殺行為でしかなかったし、ネダロス風情とイーフリートでは霊力の格が土台から違った

わけだ。

ちなみに、なぜ偉そうに笑いながら死んでいったのかは——俺にもわからん。

悪魔(あいつら)の精神構造は、人間(おれたち)と違いすぎる。

理解不能。

「なっっっ、イーフリートだと⁉」

一方、スカラッドは俺が召喚した炎の大精霊を見て、覿面(てきめん)に愕然としていた。

そうだ。同じ人間、手に取るように理解できる、自然な反応である。

「次の魔術を見せてみろ、スカラッド。言っておくが、ネダロス風情にこいねがっているようでは、俺には勝てんぞ？」

俺は敢えてイーフリートに待てを命じ、スカラッドが魔術を行使する暇を作ってやる。

術比べとは、優雅に行うものだ。

殺伐たる決闘は、戦士たちに任せておけばよい。

「さあ、どうした？」

「え、ええい、待っておれ！」

スカラッドが刀印を切りながら、新たな呪文の詠唱を始めた。

その起動式の間にも、奴の全身から血管が浮かび上がり、破裂し、血が噴き出る。

より強力な超越的存在を召喚するため、自らの血を贄として捧げているのだ。

そうすることで、技術的未熟を補うしかないのだ。

「魔界よりおいでくださいませ、ネダロスの王よ！」

スカラッドは必死の形相で、新たな漆黒の門から悪魔を召喚した。

さっきの奴より魁偉な体軀と強力な霊力を持ち、腕も二本多い巨人が出現した。

しかし、またネダロスか。

芸がないというか、底が知れるというか。

『グハハハハ、異界のネズミよ！　この余を呼んだからには――』

「もういい。失せよ」

俺はネダロスの王が何か偉そうなことを言っている間に、イーフリートをけしかけた。

諸共に自爆させて、跡かたなく吹き飛ばした。

「…………………っ」

それを見たスカラッドが、両目と口をこれでもかと開け広げて、呆然となっていた。

まあ、こいつ程度なら驚くのも無理はないか。

炎霊界の王を召喚するには、第八階梯の魔術が必要。

一方、イーフリートに自爆＝消滅を強要するには、精神魔術系統の第十階梯が必要だからだ。

「ネダロスは見飽きた。もっと別の術を見せよ、スカラッド。三百年も経ったんだ、もうちょっとこう……なんだ……目新しいのがあるんじゃないのか？」

俺が急かすと、それでスカラッドも我に返った。

そして、その場でひざまずいて、頭を垂れた。

お。

よいぞ。俺の知らぬ、新しい起動式か？

「このスカラッド、参りましてございます、偉大なる魔術師よ。遥かに高みを登る御方よ」

降参かよ。

「身の程知らずにも御身に術比べを挑んだ愚行、許されるとは思っておりませぬ。なれど、せめて冥途の土産を賜りたく存じます」

「……許す。申せ」

俺は嘆息混じりにそう答えた。

「このスカラッドに、魔術の高みを見せていただきたく」

一方、スカラッドは狂喜にも似た探求心、好奇心で両目をギラギラさせつつ俺に乞うた。

魔術師として最高の死に様を求めた。

まあ、よかろう。

それに応えるのは、魔術の祖たる俺の義務であろうしな。

「第十五（じゅうご）階梯でよいか？」

「ありがたき幸せ……っ」

歓喜に打ち震えるスカラッドに、俺は即興でできる魔術の限界を見せてやる。

「かくも穢（けが）らわしき蝿（はえ）の王よ！　■■■■■■よ！　我が招きに応じ、疾（と）く顕れよ！」

俺の呪文の詠唱で、漆黒の穴（ゲート）が虚空に顕現する。

さっきスカラッドが開いた魔界に通じる門とは、比較にもならぬ巨大な門だ。

「おお……！　おおおお……！　おおおおおおお……！」

それを目の当たりにしたスカラッドが、歓喜のあまりに号泣し、まるで神に拝礼するかのように神妙な態度となった。


そして、漆黒の穴から伸びた巨大な腕に、その体を「むんず」と一つかみにされた。


この腕の持ち主は、身長三十メートルを下らぬだろうと想像させる、そんな毛むくじゃらの腕である。

あまりに巨大すぎて、第十五階梯で開くことのできる門では、腕しか通ることができない。

そいつがスカラッドをつかんだまま、穴の向こうに消えた。

そして、虚空に生まれた穴もまた消えた。

スカラッドは魔界の住人となった。

その後の運命は、俺の知ったことではない。

「つまらぬ。本当につまらぬ」

三百年ぶりの術比べに、ちょっとワクワクした俺が道化ではないか。

まったく。

スカラッドを一蹴した俺の背に、ローザの震えた声がかかった。

「あんた……カイ＝レキウス……って、名乗ったわよね……？」

この気丈な娘をして、可哀想になるほどの怯え混じりの声。

魔術の秘奥どころか、泰平しか知らぬらしい今の時代の人間にとって、戦乱の世の術比べはさぞ異様且つ凄まじい光景に映ったのだろう。

「然り。魔術師カイ＝レキウス。吸血鬼カイ＝レキウス。まあ、好きな方でとれ」

振り返って改めて名乗ると、ローザはますます縮みあがって、

「てっきり偽名か、どうせからかってるんだと思ってたけど……。ま、まさかあの邪神と何か関係でもあるの……？」

「邪神？」

今度は俺が首をひねる番だった。

「カイ＝レキウスといったら、泣く子も黙る邪神の名前でしょうが……っ」

ローザは未だ下半身が石と化したまま、怯えのあまりに己が上半身を抱きしめ、後ろへよじった。

邪神カイ＝レキウスなど聞いたこともないが、ローザの口ぶりでは誰もが知っていて当たり前の存在のようだ。

つまりは俺が眠っていた三百年の間に……まあ、予想はつくがな。

後でレレイシャに確認した方が、この娘よりも正確に教えてくれるだろう。

それよりもだ。

「スカラッドも斃れ、どうやら夜襲部隊も底がついたか？」

「ぐっ……」

「おまえを助けに来る者はもういないようだ。さてさて困ったことだな？」

「ふ、ふざけないでよっ。バカにしてっ」

持ち前の気丈さを思い出したように、強がってみせるローザ。しかし蒼褪め、震えていては台無しだ。

むしろ男の嗜虐心をそそってくれるばかり。

そういえば吸血の途中だったなと、渇きを覚える。

「まあ、そう怯えるな。別に命まではとらん。もう少しだけ、美味を堪能させてもらうだけだ」

俺の命を狙った代償としては、むしろ安いというものだろう？

「おまえも素直に楽しんだらどうだ？」

俺は再びローザの背後へと回り、赤い髪をかき上げて、真っ白なうなじをさらす。

吸血鬼の魅了の力がもたらす官能に、心を委ねろと優しく囁く。

「す、好きに言ってなさいよっ。いくらあんたがバケモノじみて強くたって、あたしは心まで負けないんだからっ。どんなに気持ちよくたって、快楽に溺れるような真似はしないわっ」

「まあ、そう跳ね返るな。もう一度言おう、このままここへ残る気はないか？　おまえ一人、おめおめと逃げ帰っても立場は苦しいばかりだろう？」

彼女のうなじや吸血痕を撫でさすり、そこから匂い立つ薔薇めいた香りを楽しみながら、俺は囁き続けた。

「短命な常人からすれば、久遠に等しい寿命が手に入るのだぞ？　惜しくはないか？　俺はおまえを惜しいと思っているぞ？　ぜひ手元に置いて、俺の騎士に取り立てたいと思っている」

今のローザは吸血による快楽を知り、また俺の実力の一端を垣間見て怯えを隠せない――この状態ならば口説き落とせるのではないかとスカウトを試みる。少女の耳を吐息で愛撫するように、ゆっくりと誘惑の言葉を吹き込む。

実際、俺はローザの美貌、剣才、心根の在り方まで、全てが惜しいと思っている。

この俺が二度も口説かずにいられないほど、執着を感じている。

だけど、やはりか、この娘は強情だった。

「い、いやよっ。あたしはナスタリア伯爵の騎士ローザ……！　たとえあたしの血や命は奪えても、あんたはあたしの魂まで奪えないんだからっ」

怯え、震えながらも、それでも声を上げて、俺の囁きを突っ撥ねてみせた。

「ほう。その伯爵とやらは、懸命の忠義に足る人物なのか？」

俺は別段気分を害すことなく、ローザとの会話を楽しむ。

「この辺境のアーカス州がこんなにも平和で豊かなのも、伯爵閣下の治世があればこそよ！」

「しかし、ローザよ。俺は目撃したのだぞ？　兵が貧しい娘たちを裸に剝き、奴隷同然に連れ去ろうとしたのを」

「そ、それはラーケンの監督に問題があっただけだわっ。確かによその州では、貧家の娘を奴隷同然に扱う貴族たちが蔓延っている。でも、このアーカスは違うの！　ナスタリア伯爵は同じ女性だからこそ、そんな世の中の在り方にお心を痛めていらっしゃる。だから、食べるにも困っている娘たちを集めて、正しい教育を与え、独り立ちできるようにと保護をしているのよ！　あたしは伯爵閣下のことを心から尊敬しているわ！」

「ほう。それは立派なことだな」

　何も裏がなく、百パーセント義捐の心であれば、の話だが。

　よかろう。決めたぞ。

「おまえは帰してやることにしよう、ローザ」

「な、何を企んでるわけ⁉」

「帰って、その伯爵に伝えよ。カイ＝レキウスは貴族という存在を許さぬ。認めぬ。だから、討ち滅ぼしてやるとな」

「何よそれ、ムチャクチャじゃない！　身勝手にもほどがあるわ！」

「俺に言わせれば、貴族制度こそ無茶で身勝手の極致だが……まあ、よい。滅ぶが嫌ならば、全力で抗ってみせるがいい」

　人は追い詰められた時、なりふりを構わなくなり、その本性を見せる。

　このローザのように、まな板の上に載せられてもなお気丈に、誠実に振る舞えるほど、果たしてその伯爵は立派な人物だろうかな？

　クク、楽しみだ。

「……後悔するわよ？　今度こそあたしは、あんたを討ちに来るわよ⁉」

「ククク、おまえにできるのか？」

「あたし一人では無理でも、皆の力を合わせれば！　伯爵閣下のお知恵があれば！　必ず！」

「ますます楽しみなことだ」

　俺は腹の底から湧き出す愉悦に、くつくつと喉を鳴らす。

　それから──

「まあ、それはそれとして、最後にもう少し馳走しろ」

「～～～～～～っっっ」

　俺はローザのうなじに嚙みつき、血を啜り、彼女にあられもない嬌声を上げさせた。

《石化》を解いてやると、ローザは町の外へと逃げ帰っていった。
　同僚や兵士たちの遺体を、そのままにしておくのは無念なのだろう。しばし、未練げな眼差しを向けていた。
　しかし、生き残りが彼女一人では、どうにもできない。諦めるしかない。

ローザは何度も代官屋敷を振り返っては、正門前でふんぞり返っている俺のことを睨(にら)みつけていった。

「まあまあ！　我が君が御自ら見送りなさるだなんて、そんなにあの娘がお気に召しましたのですか？」

「レレイシャか」

「はい、お傍(そば)に。我が君」

裏手から攻めてきた夜襲部隊を、全滅させたのだろう。

レレイシャが忽然(こつぜん)と現れ、俺のすぐ後ろに楚々(そそ)と侍(はべ)っていた。

「ローザというらしい。おまえには命じておく。あの娘が次に攻めてきても、殺すな」

「御意。それにしても格別のご配慮、妬(や)けますこと」

レレイシャは台詞の前半を真摯に、後半をおどけて口にした。

「それと、おまえに聞きたいことがある」

「我が君との間にできる御子でしたら、十人くらい授かりたいですわ」

「たわけ。誰がそんなことを訊(き)いたか」

レレイシャ一流のジョークだとわかっているので、俺も笑い飛ばす。

もちろん、吸血鬼(ヴァンパイア)や魔術人形(サーヴァント)が子をなせるわけがないなどと、野暮なツッコミもなしだ。

「俺がいなくなった三百年に、この国がどうなってしまったのか——詳しく聞かせろ」

「御意。では、ぜひお酒でも交えて。今すぐ用意いたしますわ」

俺とレレイシャは常闇宮（アビスパレス）への帰路に就く。

兵士どもの血臭漂う代官屋敷で、ゆっくりしたくなかったからだ。

例えるならば、裏通りに捨てられた残飯のえた饐（す）えた臭いと言おうか……ヴァンパイアとなった俺の嗅覚が不快感を訴えたからだ。

臣下となったフォルテに、死体の処理を命じて去った。

ついでにあのブレアの町と代官屋敷は、フォルテにくれてやった。

貧民街のボスでしかなかった男が、一夜にして町全ての主に成り上がりというわけだな。

クク、まるで御伽噺（おとぎばなし）の如きではないか。

常闇宮（アビスパレス）に帰ってすぐ、レレイシャが酒席の用意をした。

俺がソファに身を預け、我が家の居心地のよさに目を細めている間に、レレイシャとミルがてきぱき酒と肴（さかな）を運んでくる。

今の俺にとってはもちろん、ミルやローザのような娘の血こそが馳走なのだが、だからといって人間の食べ物が楽しめなくなったわけではなかった。

「良い趣味だ」

銀杯に湛（たた）えられた深紅の葡萄酒（ぶどうしゅ）を舌の上で転がして、俺はレレイシャのセレクトを褒める。

年代物だ。複雑な味と香りがどこまでも広がっていくが、それでいて万華鏡のようなやかましさはないのが良い。

「我が君のお目覚めの頃合いを見て、数十年前からせっせと集めて寝かせておきましたもの」

若いの、古いの、いくらでも取りそろえてあると、レレイシャは誇らしげに言った。

さすが気の利く奴である。

俺はしばし舌鼓を打った後、レレイシャに本題を求めた。

この三百年の間に、俺とアルが建てた国はいったいどうなってしまったのか？

「きっと我が君にとって、ご不快な話になります。できれば、私の口から申し上げるのは、憚(はばか)りたかったのですが……」

「ならん。包み隠さず申せ」

「御意」

レレイシャは深々と一礼した後、諦め顔で語り出した。

「結論から申し上げますと、我が君と弟君の理想は、五十年と保ちませんでした」

「なに……アルが失政でも犯したと申すか？」

俺が自らの死を演出してまで、アルに王権譲渡のデモンストレーションを行ったのは、アルならばまさしく全権を託して足る男だと信じたからだ。

「いいえ、我が君のお眼鏡に間違いはございませんでした。弟君の治世は、ヴァスタラスク三百年の歴史において、最良の時代であったことをレレイシャは嘘偽りなく確信いたします。ですが問題は、弟君は後継者に恵まれなかったのです」

レレイシャは心苦しそうに、説明を続けた。

俺もまた苦い顔で耳を傾けた。

アルは五人の男児を儲けたが、尽く凡庸であったようだ。

上手に上手に育てて、ようやく人の上に立つ資格がなくはない出来――そんな程度にしかならなかったという。

テル＝クオンというその嫡子は、アルが存命の間は、そのアルを後ろ盾にして上々の治世を執り行うことができた。

しかし、アルが天寿を全うした後は、もうダメだった。

後ろ盾を失い、臣下たちを従えるのにひどい苦労をするようになった。

なにしろそのころにはまだ、俺に仕えた直臣たちが大勢残っていた。皆、掛け値なしに有能だが、癖も強い連中だった。

凡庸なるテル＝クオンは、臣下たちの才幹に嫉妬し、また容易に従わざるを焦慮し、結果――彼らを粛正することで、自らの権力基盤を盤石にするという愚を犯した。

また国家転覆を怖れて広く魔術を禁じ、中央での独占を始めたのもこの時代だという。

なるほど俺とアルの理想は、たった五十年ぽっちも保てなかったというわけだ！

「王が臣下に対して牙を剝いた。ならば臣下の方は、牙を隠して研ぐ以外に生き残る道はございません」

「道理だな」

「能ある臣下らは面従腹背となって生き永らえ、水面下で結託し、王家の権限を少しずつ削ぎ取るよう立ち回りました。またテル＝クオンの嫡子が暗愚に育つよう、手を尽くしました」

彼らの画策は、それはもう上手くいったのだという。

次の代の王は凡庸にすら届かぬ、目も当てられないような暗君となった。

戴冠するや、政務を全て臣下たちに放り投げ、漁色と酒池肉林に耽るようなゴミだ。

「そのさらに次代が――先日、少し申し上げました――カリス帝です」

「皇帝などと僭称し始めたバカだな？」

「はい、我が君。カリスは誇大妄想のすぎた男で、ヴァスタラスクも帝国と名を改め、さらには自分こそが建国の祖であると、歴史の改竄を行いました」

「その改竄された歴史では、俺とアルの扱いはどうなっているのだ？」

俺は皮肉っぽく口元を歪めて訊ねた。

これまで端々で得た情報から、もう見当はついていた。

「我が君と弟君は、神話の存在となりました」

「お綺麗に申すな」

「我が君はカイ＝レキウスという名の、邪神に仕立て上げられました。世界を滅ぼそうと企み、何百万人と虐殺した、恐ろしい闇の神です。現代では親が言うことを聞かぬ子どもに対し、『カイ＝レキウスが来るぞ』『おまえをとって食うぞ』と脅して、宥めすかせるのです」

「ハハハ！　それは少し面白い！」

「私にとっては笑い事ではございません。我が君のことを何も知らぬ愚衆どもが、我が君の名を軽々しく使うのは不愉快です」

レレイシャがぶすっとなったが、俺は笑い続けた。

「ククク。で、アルの方は？」

「弟君は善なる神に祀り上げられました。お名前もそのままアル＝シオン様と」

「そしてカリスとやらは、善神アルの託宣と加護を受けて立ち上がり、邪神たる俺を討伐して、ヴァスタラスク帝国を統治する権限を神授された――という神話だな？」

「御意。口の端に上らせるのも憚ることですが」

くだらん。本当にくだらん。

本物の自信があれば、そして臣下を従える統率力と、民を満足させる政治力があれば、神話の捏造による自己正当化の必要など、どこにもありはしないのだ。

「あげくにそのカリスとかいうバカは、臣下たちを気前よく貴族にしてやったのだろう？」

「はい、我が君。彼らの様々な特権を保証してやらねば、もはや王権を維持することもままならなかったのです」

「暗愚めが。何が皇帝か。王の中の王か。聞いて呆れるわ」

俺は吐き捨てずにいられなかった。

国を統治するための機構として、それまで当然だった貴族制度から、王に全てを集権させる官僚制度に移行させるため、生前の俺がどれだけ長年の苦労を強いられたことか。

それをカリスとやらは、あっさりと水泡に帰さしめてくれたのだ。

「そして現在のヴァスタラスクでは、帝族たちは責務を放棄して遊蕩(ゆうとう)に耽り、貴族たちは特権にあぐらをかいて横暴の限りを尽くし、その腰巾着となった役人や軍人たちまで民を虐げているという有様です」

「もうよい。わかった」

俺は銀杯を遠ざけるようにテーブルへ置いた。

中身が急に不味くなったような気がした。

「レレイシャよ」

「はい、我が君」

「ヴァスタラスクは、俺とアルで苦労して建てた国だ」

「御意」

「戦乱の世に終止符を打ち、天下万民に安らぎを与えんがために、背負った苦労だ」

「御意」

「にもかかわらず、わずか三百年でこの有様……もはや見てはおられぬ」

「でしたら如何いたしますか？」

「知れたこと。この俺の手で、綺麗さっぱり叩き壊してやる。その後で、今度こそ理想の国に造り替えてやる――」

俺は魔術の研鑽を心行くまで楽しむために、ヴァンパイアに生まれ変わったのだ。

こんなくだらないことのために転生したわけではない。

だが、仕方がない。

俺とアルの理想を穢されて、「はあ、そうなりましたか」と見過ごしていられるものかよ。

これを許していられるものかよ！

「ブレアが始まりの町だ。そこからまずはアーカス州をいただき、足がかりとし、さらに勢力を周辺へと広げていき、やがては大陸全土を制覇する」

魔術の研鑽はその後でもできる。

俺には永劫(えいごう)の時間があるのだからな。

「全てはあなた様の御心のままに」

俺はレレイシャへ鷹揚に首肯すると、そのままむっつり黙り込む。

しばし独りになりたかった。

手を振り、レレイシャに下がるように命じる。

忠実な魔術人形(サーヴァント)は、当然すぐに従うと思っていた。

ところが、彼女は俺の命に逆らった。

何を思ったか俺の目の前にやってくると、ソファに腰かけた俺の膝に、跨(また)るように腰を下ろした。

柔らかい尻の感触が、俺の膝にむっちりと乗った。

「……なんの真似だ？」

「改めまして弟君の追悼を。そして喪われた我が君の理想と、真なるヴァスタラスクの鎮魂を」

「よそでやれ」

「嫌です。そんなこと独りでやったら、泣いてしまいますもの」

誰が、とはレレイシャは口にしなかった。

もう押し黙って、ただ俺の頭を胸に抱えた。

俺もまたされるがままに、彼女の形のよい乳房に顔を埋めた。

なるほど、独りより二人の方がよい。

まだしもマシな気分になれた。

第三章　いざ二度目の世界制覇へ

「――という次第で、あたし一人がおめおめと生き恥をさらし、逃げ帰って参りました」

ローザはひざまずき、頭を垂れ、ブレアの町での夜襲作戦失敗の顚末を、包み隠さず報告し終えた。

相手は無論、ナスタリア伯爵である。

ヴァスタラスク帝国の重鎮たる大貴族にして、このアーカス州を支配する領主。

同時に長い黒髪も艶やかな、妙齢の美女であった。

大昔では男性社会の因習が罷り通り、女性が一族の当主になるのは難しかった。が、現代ではごく普通のこととなっている。

徹底的な実力主義者だったカイ＝レキウスが、女性の社会進出を大いに認めたのが起因なのだが、その事実は捏造された歴史の闇に埋もれてローザも知らない。

この時代の人々が、「どんなに有能でも女性は跡継ぎになれない」などと言われれば、「どうしてそんな不合理な？」と首をひねるだろう。そんな社会常識のみが残っていた。

「そう……。スカラッドは死んだのね」

さほど残念でもなさそうに彼女――ナスタリア伯爵ナターリャは嘆息する。

州都アーカスにある、彼女の居城。

中でも当主が寛ぐために設えられた、個人的な居間。

ナターリャは寝椅子にしどけなく横たわり、ひざまずいたローザと二人きりで相対している。

「しかも相手は吸血鬼たった一匹とは、恐ろしいことね」

「厳密には裏手を守る何者かもいたようです。あたしはその存在を確認できませんでしたが、そちらから攻めた部隊も全滅させられてしまいました」

恥を忍んで逃げ帰ってきたというのに、大した情報も持ち帰れなかったことをローザは不甲斐なく思い、肩を震わせた。

「相手の実力を測る上で、騎士や兵士がどれほど討たれようが驚くには値しないわ。問題は魔術師たるスカラッドが敗れたこと」

「あの吸血鬼も申していたのですが、その魔術師とは……魔術とは、いったいなんなのでしょうか、伯爵閣下？」

「そう……。元皇帝騎士といえど、あなたが知らないのも無理はないわね」

その台詞をナターリャがどんな表情で言ったのか、顔を落としているローザにはわからない。

ただ、さすがは帝国の大貴族。

ナターリャは「魔術師」や「魔術」という存在も、その恐ろしさも、ちゃんと知っていたということにローザは深い安堵を覚えた。敬愛する伯爵のために情報を持ち帰り、警告できたことを喜んだ。

そして、一層声を震わせながら乞うた。

「伯爵閣下――願わくば、あたしにも魔術のなんたるかをお教えください。次あの吸血鬼と戦う時に、なんらかの対策になるかもしれませんゆえ」

我ながらずうずうしい願いだと、ローザは思った。

本来なら、おめおめ一人逃げ帰った自分は、この場で自刃を申し渡されても文句は言えない。

そこを敢えてローザは、助命と再戦の機会をねだっているのだ。

無論、我が身可愛さからではなく、ナターリャのために危険な吸血鬼と戦いたい一心で！

「ローザ」

「は、はいっ、伯爵閣下」

「こっちにおいでなさい」

「はっ」

ローザはびくびくしながら、面を上げず低い体勢のまま寝椅子の傍に寄る。

自分は許されるのか、許されないのか、伯爵の表情も窺えないまま沙汰を待つ。

すると――

「よく生きて戻ってきてくれたわ。そして、よく報告してくれたわ」

ローザはいきなり、ナターリャに抱き締められた。

自分よりもさらに豊かなバストを持つ美貌の伯爵の、その谷間に顔が埋まった。

柔らかく、温かく、ナターリャはまるで慈母の如く迎え入れてくれたのだ。

ローザは自分が許されたことを知って、涙しそうになった。

こうなるとナターリャが臣下の居並ぶ謁見の間ではなく、ごくごく個人的な部屋に二人きりで報告を聞きたいと言ってくれた理由もわかってくる。

ローザの生き恥を衆目にさらすのを避け、且つこんな風に心から慰めてくれるために、そうしたのに違いない。

ナターリャの優しさがローザの胸にしみた。

そのナターリャが温和な声音で続けた。

「ええ、魔術のことは後で詳しくレクチャーしてあげる。それで再戦のための牙を研いで頂戴」

「あ、ありがとうございます、伯爵閣下！　次こそは必ずや、お役に立ってみせますっ」

「あなたの忠義はうれしいわ？　でも、あまり自分を追い込まないでね？　相手も魔術を知る吸血鬼ならば、数百年を生きる大ヴァンパイアの公算が高い。王侯種（ロード）……最悪、真祖（トゥルーブラッド）の可能性だって。あなた一人の手に負える相手ではないことを、肝に銘じて？」

「か、畏（かしこ）まりましたっ！　同僚たちとよくよく連携することを、お誓い申し上げます」

「ありがとう。安心したわ」

そう言ってナターリャは、より一層強く抱きしめてくれたのだった。


人は誰でも、ナターリャのように人徳を持っているわけではない。

そのことをローザは知っている。

ナターリャから魔術のなんたるかについて教わるため、ローザは連日、伯爵家居城を訪れていた。

今も清掃の行き届いた廊下を歩いていた。

その行く先々で、後ろ指を指されていた。

「ほら、ローザ様よ」

「一人だけ生きて逃げ帰ったのって、本当だったのね」

「しかも相手は吸血鬼だったんでしょう?」

「男たちは皆殺し。でも、ローザ様はあの通りお美しくいらっしゃるから、たっぷりと血を吸われただけで解放されたらしいわよ」

「まあ! それじゃあローザ様も吸血鬼の眷属(なかま)にされてるんじゃないの!?」

「こわ～い」

――などと城に仕える宮女たちが、侍従たちが、あるいは廷臣たちまでもが、あることないこと噂話(うわさばなし)に花を咲かしていた。

これが今のローザには本当に堪(こた)える。

いいいいいいいいいい、疚しい気持ちがあるからだ。

(あたしは吸血鬼になんかなってない。カイ＝レキウスに魂を売り渡したりなんかしてない)

だけど、あの男に血を吸われる快楽を知ってしまった。

忘れることもできないほどの、強烈な官能の味を覚えてしまった。

ふとした瞬間、躰(からだ)があの男を求めて切なく疼(うず)くのだ。

あの男との目くるめく逢瀬(おうせ)を、夢にまで見てしまうのだ。

目覚めた後、自分が知らず枕へ熱烈なキスをしていたことに気づいて、自己嫌悪に陥るのだ。

ローザは潔癖な少女だからこそ、そのたびに自分がナターリャを裏切っているような気持ちになってしまうのだ。

（心を強く持つのよ、ローザ。あんたはナターリャ様の一の騎士でしょ？　ナターリャ様はようやく巡り合うことのできた、真の名君でしょ？　そんなお方にお仕えできる喜びだけを、噛みしめなさいよ！）

と、ローザは己に強く言い聞かせるしかない。


武門であるリンデルフ家に生を享けた彼女は、立派な騎士になるべく育てられた。

勇敢で真っ直ぐな気質、何より天与の剣才を持つローザもまた、騎士以外になる自分を想像できなかった。

生涯を捧げるに足る名君に仕え、万人に誇れる騎士として活躍する日々を夢見ていた。

だが帝都では、彼女のその夢は叶えられなかった。

最初の上司となった近衛騎士隊長も、次の上司となった先輩皇帝騎士も、口ではローザを褒めそやすが、内心では女というだけで侮り、武人扱いしていなかった。常にローザを身辺に置き、さも重用しているように振る舞っていたがその実、見目麗しい女騎士のことを自分の貫目を高めるためのアクセサリーだとしか思っていなかった。

彼らの思惑に気づくたびに、ローザは己の実力を証明したいと主張した。

だが彼らは決して聞き届けなかった。「可愛がっていた犬に噛みつかれた」とばかりの態度で激昂した。

最初の上司は侯爵家の係累だった。次の上司は公爵家の次男だった。彼らは自分より遥かに身分の劣るローザが、異議を唱えるというそのこと自体が許せなかったのだ。

ローザも薄々わかっていたが、長いものに巻かれるということができない性分だった。

結果、ローザはマルクサイザー公爵（二番目の上司の父親）の差し金で、極西のアーカス州まで左遷させられた。

（でも、むしろそれがあたしの不運の終わりだった。おかげでナターリャ様と出会えた）

辺境部だと感じさせないアーカス州の治安や経済状況を見れば、ナターリャが統治者として如何に優れているか疑いない。

しばしば貧者に救済の手を伸ばす仁君でもある。

もちろん、ローザのこともちゃんと騎士として重んじてくれている。お飾りなどではなく、大事な任務を幾度も任せてもらっている。

（こんな騎士冥利に尽きる環境にいながら、吸血鬼なんぞの魅了の力に惑わされたらあんたは大馬鹿者よ、ローザ！）

己の頬をぴしゃりと叩き、活を入れ直す。

廊下のあちこちから聞こえる、女官どもの陰口を振り切るように速足になる。

当て付けなほど背筋を伸ばして堂々と進む。

しかしローザのそんな態度が、さぞ女官どもの癇に障ったのだろう。

「まあまあ！　畏くも伯爵様のお城の中を、汚らわしい吸血鬼風情がズカズカと」

「掃除をやり直さなくちゃいけないわね」

「フフッ。あの子、いつ牙が伸びて唇から覗くのかしらン？」

「楽しみ～――じゃなくて、こわ～い」

――などと、とうとう大声になって聞こえよがしに囀る。

背中にぶつけられるその罵声に、ローザはギリと歯嚙みする。

そして、

（あんなの気にしなくていい！　ナターリャ様はあたしが生きて帰ったことをあんなにも喜んでくださったわ。それだけであたしは果報者よ！）

と内心、ローザが己に言い聞かせたのと、

「愚昧な連中だ。吸血鬼に多少血を吸われても、その眷属になることはないというのに」

と何者かが声高にローザを擁護してくれたのは、奇しくも同時だった。

ローザは反射的に足を止め、声の主に目を向ける。

人間離れした美貌と蜂蜜色の金髪を持つ、痩軀の女騎士だ。

ローザと同い年くらいの少女に見えるが、実年齢は定かではない。

長い耳が示す通り、彼女は長命なエルフ族だからである。

「吸血鬼の眷属になる条件は二つ。全身の血を吸い尽くされた時と、逆に相手の血を口にした時だけだ。前者の場合は劣等種（レッサー）となり、自我が完全に失われる。後者の場合は自我が保たれるが、どちらにせよ吸血鬼は陽光を嫌う。こんな昼日中を平然と歩いているものか。無知蒙昧（もうまい）の輩（やから）はまったく度し難いな」

エルフの女騎士は、遠くで陰口を叩いている女官たちに向かって声高に皮肉を言い続けた。

「ジェニ……どういう風の吹き回し？」

ローザは当惑気味に、エルフの女騎士の名を呼んだ。

このジェニは、アーカス州土着のエルフ族の出身であり、もっといえば一族を代表して伯爵家に仕えている譜代中の譜代だ。

一方、ローザは帝都を放逐された後、ナターリャにひろってもらった新参者。

その立場の違いからたびたび対立と衝突を繰り返してきた、ライバル関係なのである。

「別にあなたを殊更に庇（かば）ったわけではない、騎士ローザ。ただ私は誤った言説がまことしやかに流れることが、許せないだけだ」

「あっそ。潔癖なエルフらしいことね」

うっかり感謝しそうになって損した！　とローザはむくれて皮肉る。

「そうだろうとも」

ところがジェニはむしろ誇った。

それから、

「吸血鬼に敗れたそうだな、騎士ローザ？」

「何よ？　笑いに来たの？」

「あなたが劣等種（レッサー）や通常種（ノーマル）に敗れたのだったら、そうしただろう。しかし伯爵閣下からお聞きしたところによれば、王侯種（ロード）や下手をすれば真祖（トゥルーブラッド）かもしれない相手なのだろう？　だったら笑ってなどいられない。これは笑い話にしていい問題ではない」

ジェニはローザを輪にかけてというか、頭にクソがつくほど生真面目なエルフらしい騎士なのだが、さすがこういう判断がしっかりとできるところが彼女の優秀さを証明していた。

だからローザも態度を軟化させる。

内心思うところはあれど、同僚たちとしっかり協力するとナターリャにも誓った。

「詳しい話を聞きたいなら、恥を忍んでいくらでもするわ。それであの吸血鬼を討つ一助になるなら、私の個人的なプライドなんてどうだっていい」

「いやそれこそが、真の矜持（きょうじ）というものだな。それでこそ我が好敵手」

ジェニは真顔でそんなことを言った後、

「アーカスに住む古き吸血鬼のことなら、我が一族にも何かしらの情報があるかもしれない。その吸血鬼は名をなんと言うのだろうか？」

「カイ＝レキウスと名乗ってたわ」

「カイ＝レキウスだと⁉」

いつも口調が硬質で馬鹿丁寧なジェニが、珍しく声を荒げた。

「そ、それがどうしたわけっ？」

「許さん」

ジェニはにわかに形相を憤怒で彩り、押し殺した声音で告げた。

かと思えば一転、激情に駆られて宣言した。

「その吸血鬼、絶対に許さん！　この私の手で葬ってやる！　我がエルフ族には吸血鬼を仕留めるための叡智が、秘術が、無数にあるのだということを教えてやる‼」

同じ女騎士のジェニだが、剣の腕ではローザに一歩も二歩も及ばない。

しかし彼女はエルフであり、精霊を使役する不思議な能力を有していた。

（そこにあの不滅の吸血鬼を討つ糸口が、あるかもしれないわね……！）

ローザはそう武者震いする。

敬愛するナターリャのためなら、このライバルと手を結ぶことだとてわけはなかった。

グレーンは、アーカス州の北部長官府が置かれた町である。
そしてこの町の支配者であり、ナスタリア伯爵から長官に任じられたその男を、ダラッキオ男爵という。
齢四十四で、でっぷりと肥えている。

臣下たちからの評価は「無能」「強欲」「人格劣悪」などなど（無論、口に出したら首が物理的に飛ぶので、胸のうちに秘めているが）。

たまたま生まれが良かったから支配者階級になれたという、貴族制度の恩恵を最大限に享けた見本のような愚物である。

この夜もダラッキオ男爵は、悪徳の限りを尽くしていた。

町でたまたま見初めた美しい少女を無理やりモノにするため、まずは役人に命じてその一家ごと城へ召し出した。両親が滞納している税のことを責め立て、罰として娘の処女を差し出すようにと沙汰を下した。

これがよその州のことであれば仮にも男爵たる身分の者が、たかが町娘を手籠めにするのにわざわざこんな形式を踏む必要はない。兵士に命じて閨まで連行させればそれでよい。

しかしアーカス総領主ナターリャは、民に対する度のすぎた無体を禁じている。

ダラッキオは尊大な男だったが、同時に臆病で、ナターリャの如き「化物」の意向に逆らう勇気など持ち合わせていない。

ゆえに合法スレスレのところで無体を働くための様々なやり口を、臣下たちに日々考案させている。例えば、なんやかやと理由をつけては新しい税金を民に課して、領民のほとんどが滞納状態にならざるを得ないよう仕向け、それを口実にするわけだ。

「許してください！」

「どうかお許しを、男爵様！」

娘を事実上の生贄として差し出せと命じられ、その両親は地面に額をこすりつけるようにして哀願した。

しかし、当然ダラッキオは聞く耳を持たない。兵士たちに命じて、自分の閨まで娘を連行するように命じた。

すると、とうとう両親は怒り狂った。その兵士たちに殴りかかり、噛みついたのだ。

これは紛れもない反逆罪である。

ダラッキオはしめしめと舌舐めずりしながら兵士に命じ、両親を娘の前で斬首に処した。

絶望のあまりに心が壊れ、美しい人形のようになってしまった娘を閨で組み敷き、たっぷりと楽しんだ。

「バカな一家だ。長官たるワシに逆らうからこうなる」

ダラッキオはそう吐き捨て、良心の呵責など欠片も感じなかった。

そういう腐った性根の持ち主に、努力もなく権力を与えてしまう恐ろしさ――貴族制度の負の部分を、まさに体現した男だった。

しかしダラッキオ男爵の悪徳が罷り通ったのも、この夜が最後のこととなった。


「カイ＝レキウスが来るぞ、カイ＝レキウスが来るぞ♪」

夜更けに沈むグレーンの町の大通りを、無数の黒い狼たちが途絶えることなく疾走していく。

「おまえをとって喰らいに、カイ＝レキウスがやって来るぞ♪」

月明かりを遮るほどに、グレーンの町の空を無数のコウモリたちが覆い尽くす。

「悪い貴族はいないか？　笠に着る兵士や役人はいないか？　みんな、みーんなとって喰らうぞ、カイ＝レキウスがとって喰らうぞ♪」

そんな狼やコウモリたちを見送りながら、レレイシャは楽しげに歌い続けた。

狼やコウモリたち――カイ＝レキウスの分身体たちが目指しているのは、無論ダラッキオ男爵のいる城であった。

これはひとりの吸血鬼対、一軍を預かる城主との戦争であった。

無論、レレイシャは主が敗れるなどと、露とも思っていなかった。


男爵の城のあちこちには常時、歩哨の兵士たちが立っている。

城門の前に、外壁の上に、見張り塔に、裏庭の森に、それはもう厳重な警備である。

数えきれないほどの恨みを買うダラッキオ男爵は、同時に数えきれない報復を恐れる臆病者に相違ないからだ。

そんな歩哨たちが、一斉に異変に気づいた。

何しろ空を覆い尽くし、月を翳すほどのコウモリが大量発生したのだ。

「なんだ、ありゃ……？」

「不気味だな……。騎士様たちに報告するか？」

「えっ、するのか？　たかがコウモリだぞ？」

「でもよ、さすがにあの数は……」

そんなやりとりが城のあちこちで交わされ――そして、ただの一例も結論を出せなかった。

夜空から一斉にコウモリたちが急降下してきて、彼らの全身にたかり、噛み殺したからだ。

また城門や正門の周辺を警備していた歩哨たちは、濁流の如く押し寄せる漆黒の狼の群れに襲われ、四肢や喉笛を噛みちぎられて絶命した。

狼とコウモリたちはそのまま城内へ雪崩打ち、蹂躙（じゅうりん）を開始した。

「ひいいいいいいいいっ」

「な、なんだ、こいつら⁉」

「逃げろおおおおおぅ！」

「に、逃げろってどこへだよ⁉」

「ギャアアアアアアアア」

警護の兵士たちを、城外にいた歩哨たち同様に端から殺し尽くしていった。

城内はたちまち流血と肉片と悲鳴の巷（ちまた）と化した。

それは兵士たちより遥かに腕の立つ、騎士たちといえど変わりはない。

吸血鬼の真祖（カイ＝レキウス）が持つ圧倒的な「暴力」の前には、五十歩百歩にすぎない。

「来るな！　寄るなあああああああ！」

そんな騎士の一人が、廊下を迫り来る黒狼（こくろう）の群れを前に恐慌状態に陥っていた。

卑劣にも、裸の娘を肉の盾にしていた。

この娘は以前、ダラッキオ男爵にさんざん弄ばれ、飽きられ、騎士たちへの「お下がり」として城に囚われていた一人であった。

自分を盾にする騎士同様に、牙剝く狼の群れを見て顔面蒼白となっていた。

もはや逃れ得ぬ死に恐懼し、全身を噛みちぎられる痛みを想像して震え上がった。

ところが——狼の群れは、そんな憐れな娘を一顧だにしない。

その背後に隠れる卑劣な騎士のみを獲物と定め、両足に噛みついて押し倒し、次々とのしかかっては、その全身を噛みちぎって咀嚼する。

騎士は泣き叫んで許しを乞うたが、黒狼たちは容赦をしない。

一方で娘の方は、目の前で人が食われるという恐怖の光景にその場で卒倒してしまう。

が、やはり狼たちは彼女に見向きもしなかった。

実際、この城には同じようにダラッキオの毒牙にかかり、囚われたまま騎士たちの慰み者にされている娘が大勢いた。

無理やり働かされている宮女もいたし、その他料理人や庭師、厩番といった者たちもいた。

彼、彼女らは恐ろしい狼やコウモリの群れを見て、腰が抜けるほど恐れたが、しかし狼たちは決してその無辜の人々を襲おうとはしなかった。野生の畜生とはまるで違った。

そして、ダラッキオ男爵である。

城の奥——最も安全な場所で惰眠を貪っていた彼は、やまない悲鳴を聞いて飛び起き、何やらとんでもない危険が迫っていることを悟った。

愚鈍な彼でも悟ることができるくらい、城のあちこちから苦悶と絶叫が聞こえていたのだ。

「お目付け役殿！　お目付け役殿！」

ダラッキオは城内で最も頼りになる騎士を求めて、廊下を呼び回る。

ナターリャが派遣した、監査役の中年騎士だ。

普段は目障りなことこの上ないが、さすがあの「化物」が重用するだけあって、その実力は「本物」である。元皇帝騎士だったただの、あと一歩でなれたところをライバルに足を引っ張られてなり損ねただの、とにかく只者ならぬ噂が絶えない男だった。


「そのお目付け役というのは、こいつかね？」


突如、背後から声が聞こえた。

声には揶揄の響きがあった。

ダラッキオはギクリとして足を止め、後方を振り返る。

そこに捜し求めた監査役の騎士がいた。

いいいいいいいいい血ダルマになって絶命していた。

そして監査役の首根っこをつかみ、片手一本で宙吊りにしてみせる謎の少年の姿。

「何者だ⁉」

「カイ＝レキウス」

監査役を放り捨てながら、その少年は嘯いた。

そのままゆっくりと廊下を闊歩し、ダラッキオに迫り来る。

「く、来るな！　寄るな！」

ダラッキオはツバを飛ばしながら叫んだ。

しかし、逃げ出すこともできなかった。

血ダルマになった監査役を見て、とっくに腰が抜けていた。

カイ＝レキウスと名乗った少年は、そんなダラッキオを見下しながらなお迫り来る。

ゆっくりと。着実に。決して足を止めず。

ただ殺意で両の瞳をギラギラとさせて。

「お、お願いですから来ないで！　殺さないで！」

ダラッキオはとうとう泣きわめきながら哀願した。

だが、カイ＝レキウスの足は止まらない。

「許してください！　どうか許してください！」

平伏し、床に額をこすりつけて拝み倒そうとする、憐れな貴族の姿がそこにあった。

だが、カイ＝レキウスの足は止まらない。

とうとうダラッキオの首根っこを、むんずとつかみ上げる。

無理やり自分の方へと向かせる。

そして、言った。

「安心しろ。殺しはせん」

「許してくださるんですか⁉」

「ああ、この俺がわざわざ手を下すまでもない――」

カイ＝レキウスは哄笑（こうしょう）した。

心底楽しげに、大声で笑った。

「――貴様は町の広場の真ん中で、磔（はりつけ）にしてやろう。周りにはたくさん石を用意してやろう。大丈夫、貴様が民に優しい男ならば、誰も貴様に石を投げはしないさ。きっと縄を解いて助けてくれるさ。そうだろう？」

許しを乞う相手を間違えるなと、その少年は嘲笑し続けたのだった。

俺――カイ＝レキウスがダラッキオ男爵の居城を征服してから、一夜が明けた。
城の四階から町の広場を眺め見れば、磔にされた人間だったものが市民の滅多打ちに遭い、奇怪なオブジェとして飾られている。
俺は一瞥（いちべつ）しただけでその醜悪な肉塊から興味を失い、窓辺を離れる。
未だ血臭漂うような城内で、二十人ほどの男たちと面会する。

代々の北部長官が民の陳情を聞くための広間をその場に使った。

今代だったダラッキオ男爵はその責務を放棄していたため、広間はすっかり埃をかぶってしまっていた。それをレレイシャが俺のため、あっという間に清掃したのだ。

「皆、面を上げて起立せよ。卿らと俺は主従ではないのだ。臣下の礼は不要である」

謁見用の豪奢な椅子に腰かけた俺は、叩頭拝跪する男たちに向けて鷹揚に声をかけた。

しかし誰一人として顔を上げようともしなければ、ひざまずいたまま俺に対した。

全員が騎士だ。

そして、先頭で片膝をつく初老の男は、名をゲオルグという。

年を感じさせぬ力強い声で述べる。

「悪逆なる当代の男爵よりこのグレーンを解放してくださり、感謝の言葉もございません。賛嘆の念を禁じ得ません。この上は我ら一同、カイ＝レキウス様を主として戴き、忠義を尽くす所存でございます。どうぞこの町と我らの想いをお受けとりくださいませ、カイ＝レキウス様」

ゲオルグに倣って、男たちの半数が一層深く頭を垂れた。

「よかろう、受けとった。ただしこの町の統治は、卿らに心あるグレーンの騎士に任せる。卿らの思う通りにやってみよ。民に公正な法と豊かな暮らしを与えてみよ」

俺はもう一度鷹揚に声をかけ、

「だがもし卿らに私心あり、卿らが第二のダラッキオでしかなかった場合――覚悟ができていような？」

一転して酷薄な声で釘を刺す。

「もちろんでございます、我が君。あなた様の畏ろしさは、昨晩一夜で身に染みてございます。どうして御意に逆らうような愚行ができましょうか」

ゲオルグたちはまさしく身が引き締まる想いだとばかりに、居住まいを正した。


この男たちは、先代の男爵から仕えていたグレーンの騎士だ。

当代のあの豚と違い、先代のダラッキオ男爵は凡庸ながらも温厚篤実な人物だったらしい。この男たちも仕える甲斐があったらしい。

しかし、代替わりしてあの豚がダラッキオ男爵となり、暴政を敷くに至って、この男たちはひどく良心を痛めることとなった。

だからといって諫言などしようものなら首が飛ぶし、味方もいない。他のほとんどの騎士や兵たちは、あの豚と一緒になって民を虐げ、搾取する側に回ったからだ。

ゆえにこの心ある騎士たちは、面従腹背であの豚に仕えるしかなかった。わずか十人で志を共有し、独力で助けられる範囲の民は陰で助けつつ、あの豚を失脚させる機会を虎視眈々と狙っていたのだ。

そして、このカイ=レキウスの噂を聞きつけたというわけだ。

俺が西部長官スカラッドを討ってから、およそ一か月ほどが経っている。

その間に俺はアーカス州西部一帯を征服し、大小八つの町を支配下に置いた。

といっても統治は一旦、他の者に任せている。その土地土地の有力者且つ、俺の想いを酌める者たちにだ。始まりの町であるブレアを、貧民街の顔役だったフォルテに与えたようにだ。

三百年前の俺ならば手ずから鍛えた官僚組織を有していたが、今の俺にはそんなものは高望みだからな。間に合わせの手段を採らざるを得ない。

それに統治を任せた者たちの中から、次の官僚組織を担うに足る、有能な人材が出てくるとも睨んでいる。例えばフォルテなどは相当に有望だ。

俺のそんなやり方を見て、ゲオルグらグレーンの騎士たちは思ったらしい。

当代のダラッキオ男爵の暴政より、万倍もマシな統治体制だと。

だから秘密裏に俺に接触し、スカラッド同様にあの豚を討ち、グレーン及びアーカス州北部を解放して欲しいと願いに来たのだ。

なかなかに勇気と行動力のある連中である。

無論、理想を言えば、彼ら自身の手であの豚の悪政を正すべきであったろうが――人には実現可能なことと不可能なこととがある。

誰もがカイ＝レキウスではないのだからな。

実現不可能な理想を実行しろというのは、安全な場所から他人を批判することしかできない連中特有の考え方というものだろう？

とまれ、俺はこのゲオルグたちのことが気に入り、グレーンまで足を運んだというわけだ。

どちらにせよ西の次は、北か南の長官府に攻め入るつもりだったしな。

「で――おまえたちはどうする?」

俺はグレーン騎士ではない、残る十人の男たちへ目を向けた。

彼らはそれぞれ東部長官府と南部長官府で、勤務している騎士たちだ。

このグレーン同様に、それぞれの長官のやり方に内心不満を覚えていたり、心を痛めていたりして、俺に接触してきた男たちだ。

ただゲオルグたちよりは俺の実力に懐疑的だったようで、最初から強く助力を求めてはこなかった。まずはこの北部長官府を陥落させる俺の手際を、拝見したいと言っていた。つまりは様子見だ。

まあ、一度造反に踏み切れば、こいつらも命懸けだからな。慎重になる気持ちもわからんでもない。

だから俺は寛容に、その煮え切らない態度を許した。

彼らもまた口々に言う。

「カイ=レキウス様。御身の実力、もはや疑いようがございませぬ」

「どうぞ、我らの小胆をお許しくださいませ」

「この上は我らもグレーン騎士同様、あなた様に忠誠を誓います」

「どうか一刻も早い、東部と南部の解放にご着手を……!」

「我ら全力で手引きいたします!」

彼らもゲオルグら同様に、一層深々と頭を垂れた。

俺は悠然とうなずくと、

「まずは南、そののち東を解放し、アーカス中部を包囲した後、ナスタリア伯の本領を陥とす。それでよいな？」

「「「御意ッ」」」


騎士たちが解散した後、俺は男爵家居城の談話室で寛いでいた。

あの豚が使っていたと思うとチト不愉快だが、常闇宮から連れてきたミルが、せっせと清掃してくれていた。

まだ十歳そこらの幼い娘だが、俺の侍女として骨惜しみをせずよく働いてくれる。真面目で健気で、レレイシャが気に入るのもよくわかる。

今は一生懸命、テーブルを拭き清めている。

俺は長いソファにねそべり、そんなミルの後姿を眺める。

力を入れてゴシゴシとこするのに合わせ、メイド服を着た少女のお尻がふりふりと揺れる。

頑張っている姿と合わせて、非常に吸血鬼の本能を刺激される――そそられる光景だった。

俺はいたずら心をおこし、ミルの背後から忍び寄ると華奢なうなじに牙を立てた。

すると少女はびっくりすると同時に、幼さに似合わぬ甘い声で泣く。

「だっ、ダメです、ご主人様っ。い、今、掃除中でっ」

いじらしく抗議してくるが、俺は構わずじゃれつくように彼女の血を啜る。

「ちゃ、ちゃんとしないとレレイシャ様に叱られますから……っ」

ミルはくたっとなった全身を俺に預けながらもそう言った。

本当に真面目な子だ。吸血がもたらす官能により頭も体も痺れたようになっているはずなのに、なお真摯に義務を全うしようとしている。快楽に抗おうとしている。

俺はますます意地悪をしたい気分になってくる。

「ミルよ。『吸血鬼は家人に招かれない限り、その家に入ることはできない』という伝承を聞いたことはあるか？」

「あ、あります……。昔、おばあちゃん、から……っ」

体の芯から押し寄せているだろう情欲の波に、幼い吐息を荒げながらも律儀に答えるミル。

「あれは歪んで流布した伝承だ。正確ではない」

「じゃ、じゃあ本当は……？」

「ヴァンパイアに血を吸われた者と、吸ったヴァンパイアの間には、霊的な縁が結ばれる――」

狭義では「吸血鬼の眷属」といえば、親に当たるヴァンパイアが血を吸い尽くすなり、逆に与えるなりして、子となるヴァンパイアに転化させた者を指す。真祖に転生したばかりの俺には、この狭義の眷属はまだいない（最初にローザをと思ったが断わられた）。

しかし広義では、ヴァンパイアに血を吸われた時点でもうその者は眷属なのだ。霊的な縁で両者は結ばれ、無関係ではいられないのだ。俺にとってのミルがそれに当たる。

そしてこの霊的な縁は、何度も血を吸うごとに深く、濃くなっていく。それこそミルの血は毎日のようにいただいているから、俺とこの少女の縁は相当なものになっているだろう。

「え、縁が深くなると、どうなるんです……か？」

血を吸われる快楽に恍惚となったミルが、どこか光栄そうな顔つきで訊ねてきた。

「もしもおまえが心から俺の吸血を拒んだ時、俺はおまえに指一本触れることができなくなる」

これが「吸血鬼は家人に招かれない限り、その家に入ることはできない」という誤った伝承の、元となった吸血鬼の特性である。

「この意味がわかるか？」

俺は意地の悪い顔をしてミルに確認した。

この少女が今、本当に困っているなら、断固として掃除を続けたいなら、俺は血を吸うどころか近寄ることもできないはずなのだ。

そうでないということは、ミルは心の底では俺に血を吸って欲しいと思っているのだ。

まだ幼いが賢い娘だ。すぐに理解するや、うなじまで真っ赤になるほど紅潮してうつむいた。

「ご主人様はひどいお方ですっ」

まるでオトナの女のように拗ねて、もう降参するように俺に吸われるままになった。

体勢を入れ替え、抱き合う形での吸血をせがまれた。

そんな愛くるしい少女に、俺は褒美を与えるように耳元で囁く。

「俺はおまえのことを気に入っている。ミル」

でなければ、ただ美味というだけで毎日は血を所望し続けなどしない。

「おまえが望めば、いつでもおまえの元を訪ね、おまえのうなじに牙を立ててやろう。おまえがどこにいようともだ。俺と離れ離れになっていてもだ」

これは決してロマンティックな例え話ではない。

吸血鬼でも真祖たる俺は、我が眷属に心から求められた時、そして俺がその想いに応えた時、その眷属の元へと時空を超越して転移する力がある。

眷属に拒まれれば、真祖たる俺でさえ触れることもできなくなる吸血鬼の特性と、ちょうど真逆の霊縁といえよう。

「本当……ですか？」

俺の言葉を疑っているのではなく、喜びを言葉にするためにミルが嘆息した。

一層強く俺にしがみついてきた。

「レレイシャ様に怒られちゃう……」

まるで小悪魔めいた台詞を、さほど他意もなく無邪気に呟く。

「案ずるな。レレイシャは怖くない。少なくとも今この時は」

俺は反対に邪気たっぷりに、期せずして湧き起こった他の女と浮気、密会するが如き背徳感を、敢えて楽しみながらそう言った。

「あいつは多分、しばらく帰ってはこないからな」

「レレイシャ様がですか……？」

聞いてミルはきょとんとなった。

あのレレイシャが俺の傍を離れて出かけていくなど、いったいなんの用事なのかと不思議なのだろう。
　それは――

　北部長官府グレーンより南西へと伸びる街道を、五騎が馳せていた。

　ただし常歩。馬上で会話ができる程度の速度だ。

　道はおりしも、小さな森に差し掛かったところ。男たちの大きな笑い声が木霊し、枝葉や叢へと吸われていく。

「ハハハハハ、あの吸血鬼め！　期待以上ではないか!!」

「然り、然り！　あやつならば、南部長官府を陥落せしむるのも容易かろうて！」

「まさに朝飯前――一夜のうちの所業にございますな」

「ハハハハ、誰が巧いことを言えと！」

　五人全員、愉快で堪らぬ様子。

　最年長のジョゼフをはじめ、南部長官府に仕える騎士たちである。

　あくまで立場上は、だが。

　全員が現長官ジンデルガーの統治に不満を持ち、密かに二心を抱いていた。

　ジンデルガーはナスタリア伯への忠義厚く、同時に病的なまでに潔癖な精神を有している。

ゆえに彼は、如何なる悪も許さない。

そして、全ての悪を断罪する。

例えばチンケなコソドロを働いた男を窃盗罪で、例えば痴情のもつれで恋人を刺した女を殺人罪で、また例えば子ども同士の些細なケンカで互いにケガさせてしまった二人を傷害罪で――皆等しく裁き、容赦も斟酌もなく斬首刑に処す。

ジンデルガーはそういう男なのだ。

そんな長官の下で働く騎士たちは、それはもう生きた心地がしない。

どんな小さな過失で斬首されるか、わかったものではないのだから。

ゆえにジンデルガーの人望は乏しい。

特に、先代長官を知る古株の騎士たちは、「あのころはよかった」としばしばこぼしていた。

ジョゼフら五人もそうだ。

「あのころは酒場の店主を脅して代金を踏み倒しても、ワイロを受けとって犯罪を見て見ぬふりしても、度が過ぎなければ笑って許してもらえたんだから、よかった」

と――そう考えるような五人なのであった。

そして現在、彼らはついにジンデルガーの窮屈な統治から、解放されようとしていた。

ついぞ昨晩、北部長官府グレーンが、暴君であったダラッキオ男爵から解放されたように！

「まったく吸血鬼サママサマではないか！」

「然様！　我らはせいぜい尻馬に乗って、甘い汁を吸うことのできる地位を確保せねばな！」

「そのためなら吸血鬼風情に頭を下げることや、阿諛追従も辞さない、と？」

「ハハハハ、面従腹背は今や我らの得意とするところだからなあ！」

愉快で愉快で笑いが止まらない。

すると――

「うふふ。密談というものは、もっと声を小さくして行うものでしてよ？」

ジョゼフらの笑い声の中に、女性のものが混じった。

「だ、誰だ⁉」

「ど、どこだ⁉」

「い、いきなりなんだ⁉」

ジョゼフたちは狼狽し、揺れる鞍上から周囲を見回す。


彼らの駆る騎馬が、いきなり棹立ちになったのはその時だった。


おかげで彼らは馬上から振り落とされないよう、咄嗟に手綱をにぎりしめ、鐙を踏み堪える。

もう必死だ。

仮にも騎士であればこそ事なきを得たが、並の騎手ならば鞍上から放り出されていた。

そして息つく暇もなく、ジョゼフらは新たな異変を目の当たりにさせられる。

彼らの騎馬が棹立ちになったまま、まるで彫像のように固まっていたのだ。

息はある。

騎馬たちもまた己の身に何が起こっているのか、わからないのだろう。血走った目をぎょろぎょろとさせていた。

「な、なんだこれは⁉」

「いったい何が起こっているのだ⁉」

「うふ。皆様に逃げられては面倒ですので、私の〝糸〟でまずは足止めさせていただきました」

声の主はなんとも楽しげに答えながら、その姿を現した。

ドレス姿の女だ。

吸血鬼(カイ=レキウス)のすぐ傍に侍(はべ)っていた、あの絶世の美女だ！

森の中、大きな木の枝に忽然(こつぜん)と立っていたが、跳躍するやジョゼフたちの前に降り立った。

まるで翼が生えているかと錯覚させる、体重を感じさせない軽やかな所作だった。

「こ、これはこれはレレイシャ殿……」

「い、いきなりどうされました？」

「我ら急ぎブューリィへと戻り、カイ=レキウス様の御ため、不平分子たちを一つにまとめ上げ、我らが夜の王に絶対の忠誠をお誓い申し上げるよう説得する所存でございますが」

「まさかカイ=レキウス様よりお言伝が？　何やら言い忘れた由があったとか」

「ははは……我らが主も、存外にお茶目なところがございまするな……」

棹立ちになったままの騎馬に、ほとんどしがみつくような不恰好でジョゼフたちはへつらい、心にもない弁明をまくし立てる。

すると——

「嘘をつくことは許しません」

たちまちレレイシャの宣言とともに、彼ら五人の全身に激痛が走った。

「ぎぃぃぃぃぃぃぃぃ⁉」

「痛い痛い痛い痛い痛い痛い痛い痛い痛い痛い痛い痛い痛い——」

「た、助けて……！」

大の大人たちが——しかも騎士たちが——堪らず泣き叫ぶ、それほどの痛みだ。

いったい何が起きたのか、何をされたのか、わからない。

まるで見えない何かで、全身の痛覚を直接滅多刺しにされたような……。

「ええ、ご想像の通りですよ。私の操る万の糸は、使い方次第で万の針にもなります。とっても痛いので、言動にはご注意くださいませね？」

レレイシャは恐ろしいことを、笑みさえ浮かべてさらりと言った。

ジョゼフたちはもう声もなく、涙ながらに全力で首肯する。

「北部や東部の騎士様たちと違い、あなた方が面従腹背であることくらい、我が君はお見通しですからね？」

「い、いや、我らはそんなことは決して……」

「嘘は禁止しました」

「ぎぃいいいいいいいいぃ!?」

「我が君をゆめゆめ侮らぬことです。いったい何千――いえ、何万の家臣と相対なさった覇王だと思っていらっしゃいますか？　あなた方の如き浅い心根くらい、一瞥即解というものです」

「痛い！　痛いぃいいいっ……!!」

「もうやめてください！　心を入れ替えますからっ」

「うふふ、今度は嘘ではないようですね」

「は、はいっ。はいぃいいいっ」

「カイ＝レキウス様に、本物の忠誠をお誓い申し上げますぅぅぅ！」

「ですから、お慈悲を！　お慈悲をぉぉぉ！」

もう一秒たりとこの激痛に耐えられず、ジョゼフたちは洟混じりになって哀願した。

するとーー

果たしてレレイシャは、まさしく慈母の如き微笑を湛えて彼ら五人の訴えに首肯した。

「わかりました」

「この場凌ぎではない我が君への本物の忠誠心が芽生えるよう、二度と不埒なことを企む気が起きなくなるよう、半日ほど徹底的に痛めつけて差し上げるつもりでしたが――二時間に短縮して差し上げます」

「い、い、い、い、いい、い、い、い」

俺――カイ＝レキウスは苦笑を禁じ得なかった。

「こっぴどく躾けてきたようだな、レレイシャ？」

北部長官府・陳情の間の椅子に腰かけた俺は、傍らに侍る美女へ揶揄混じりに問う。

「我が君にお仕え申し上げるにはまだまだ到らぬ粗忽者たちを、調教するのは私の責務でございますゆえ」

レレイシャは澄まし顔で、当然のことだと胸を張った。

一方、俺の前にはその「調教」を受けたジョゼフら五人が、ひざまずいている。

全員、地獄でも見てきたような蒼褪めた顔をしている。

「聞け――」

その者らに俺は声をかけた。

いや、広間には北部長官府所属の騎士ゲオルグたち――ダラッキオ男爵の暴政を見かねて、最初に俺に助けを求めてきた者たち――もいて、彼らにも同時に宣告する。

「俺は治世に特別を求めない。ただ王道のみを追求する。ゆえに俺は信賞必罰を尊ぶ。わかるな？二心や不埒な企みを抱いた者は必ず処罰するし――」

そこで一度言葉を切り、ジョゼフら南部の騎士たちをにらみ据える。

ただそれだけで、連中は震え上がる。

「――手柄を立てた者には必ず報いる。もう一度、問うぞ。わかるな？」

俺が重ねて問うと、ジョゼフが恐る恐る発言を求めた。

鷹揚にうなずいてやると奴は、

「つまりは、一度は不埒なことを企んだ私どもでも以後心を改め、誠心誠意御身にお仕えし、手柄を立てれば、立身栄達は夢ではないと仰いますか……？」

「然りだ。俺の下で栄華を極めたくば、陰謀を巡らすのではなく堂々の働きを以ってせよ」

「は、ははーッ」

「必ずや忠勤いたしまするーッ」

「我らの精励ぶりをどうかご覧じませいッ」

改めて深々と叩頭するブューリィ騎士たちに、俺は再び鷹揚にうなずいてみせた。

「つきましては、我が君。私から具申したき儀がございまする」

今度は北部の騎士を代表するゲオルグが、発言を求めてくる。

俺が許すと、初老の男は恭しく進言。

「次の南部長官府を攻略するに当たっては、我らの力をどうぞお試しください」

「ほう。俺の力は必要ないと？」

「今、我が君の御元には、我ら北部とお膝元である西部の勢力がまつろいました。これに加えてジョゼフ卿らの内通と助力を得られれば、南部長官府一つ陥とせぬ理由がございますまい」

東部の騎士らに関しては、遠征の準備まではさすがに間に合わないだろうことから、今回は参戦要請しないとゲオルグは判断する。

「よかろう。任す」

俺が鷹揚に許可すると、ゲオルグたちはホッと胸を撫で下ろした後、それから満面にやる気を漲らせた。

良い。良いぞ。

ジョゼフたちも同様だ。目の色が変わっている。

同じ野心は野心でも、手柄欲しさの克己心は良い。

臣下たちの競争は組織を活性化させ、健全にする。

無論、くだらぬ縄張り意識や妬み嫉みによる、足の引っ張り合いが横行すればその限りではないが、そうはならぬように目を光らせておくのが主君の役目と器量というものである。

そして俺は一度は大陸に覇を唱えた男で、レレイシャという頼もしい補佐役もいる。

存分に、健全に、手柄を争わせてやろうではないか！

「準備に如何ほど必要だ？」

と俺は諮問する。

北部長官府を俺が独力で陥としたのも昨日の今日で、ゲオルグはまず領内の掌握が先決。

ジョゼフもまた南部で同志をかき集める下準備が必要だろう。

「一月いただければ、必ずや。我が君」

「わ、我らも同様にございます！」

ゲオルグが当意即妙に受け答えし、ジョゼフが張り合うように宣言する。

「よかろう。手並みを拝見させてもらう」

俺は肘掛に頬杖(ほおづえ)をついて、彼らに一切を任せた。


一同が去った後の、閑散とした陳情の間。

残ったレレイシャが意地の悪い笑みを浮かべて言った。

「拝見できるほどの手並みが、彼らにあればよいのですけれど」

俺は椅子の背もたれに、体を沈めるようにして答えた。

「蓋はな、開けてみるまで中がわからぬものだ。それはどんな賢者であろうともな。わかるという奴がいれば、そいつは詐欺師だ」

だから、と続ける。

「アーカス西部の統治はフォルテに任せている。この北部はゲオルグに委ねた。いずれ南部はジョゼフに切り盛りさせることになるだろう」

そして彼ら三人が、その大役を任せるに足り得る才幹の持ち主か否かは、蓋を開けてみるまでわからない。

「我が君は詐欺師ではございませんが、万の群臣にご君臨あそばれた一代の覇者であらせられます。御身の卓越した人物鑑定眼を以ってすれば、予想くらいはできるのではございませんか？　差し詰め競馬の如く」

「クク、ソォルテらは競争馬か」

レレイシャのブラックジョークに、俺は軽いユーモアを覚えて笑う。

褒美に興に乗ってやる。

「フォルテはまるで心配しておらん。奴はもっともっと大きな役目を任せるに足る男だろう。ゲオルグはさあて、どちらに転んでも驚くに値せぬな。しかし北部一帯程度は上手く捌いて欲しいものだ。ジョゼフについては……まあ俺も正直、大して期待していない」

「にもかかわらず、南部はあの男に任せるおつもりだと。畏れ多くも我が君を面従腹背で利用しようとした、あの愚か者に！」

レレイシャが天を仰いで慨嘆した。

役者の如き大仰な振る舞いだが、口にしていることは本音であろう。ただ俺の気が変わらないことを理解しているので、角が立たないように道化めかした物言いをしているのだ。

「臣下にはまず何事も委ね、やらせてみる――それが俺の信条だ」

偉そうに言えば、君主哲学だ。

生まれ変わっても、時代が三百年経っても、枉げる気はない。

「はい、我が君。それでジョゼフが意外な才覚を見せればよし。あるいは不器用ながらも成長の余地を見せてくれればよし……でございますね？」

「そうだ。それだけの話だ」

まずはやらせてみなければ、才覚があるかどうかも、育つかどうかもわからない。

ゆえに俺は臣下が幾度過ちを犯そうとも、その後に反省が見られれば笑って許す。

ただし——無能は決して許さない。

「ジョゼフが凡庸且つ将来性もない男だとわかれば、その時こそ首を挿げ替えればよし」

別に過剰な責任をとらせようなどとは考えていないが、凡夫に相応の閑職に追いやる。


俺は民には何も求めない。

彼らは無能でも怠惰でもよい。

俺が与えられる限りの安寧と幸福を享受すればよい。

だが公権力を預かる者は、それではならぬ。

無能は許されぬ。常に試されなければならぬ。

もちろんのこと、それはこの俺も例外ではない。

競争によって淘汰されない権力者や公人など、盗賊となんら変わらぬ。

世で最も唾棄すべき奴らだ。

今、この帝国とやらに巣食う貴族どもがそうだ！

「俺が目障りなヴァスタラスク『帝国』を討ち滅ぼし、再び大陸に覇を唱えるためには、優秀な家臣団は不可欠だ。大陸はあまりに広く、俺がたとえどんなに長い腕を持っていたとしても、個人がその隅々まで行き届かせるのは不可能だ」

俺はそのことを三百年前に知り尽くしている。

畢竟、王に求められる能力とは、「人遣いの上手さ」に他ならないのだと。

王一人がどれだけ政治手腕を持っていても、軍事的才腕を持っていても、家臣団がガタガタならばその王が統治できる領土などちっぽけなものだろう。

ゆえにゲオルグやジョゼフらが俺の家臣に相応しいか否か、あるいは俺の薫陶によって成長できるか否か、まずは組織内競争に参加させ試さねばならないのである。

「我が君が内心、最初からご自身でやった方が速いと思っていらっしゃろうとも、ですね」

「おまえの懸念通り、たとえ最後は徒労になっても、だ」

それができてこそ王の度量――否、器量というものであろう。

第四章　三百年の因縁

今や永劫不滅の肉体を得た俺にとって、一月などあっという間のことだった。

ゲオルグやジョゼフらは俺の期待にまずまず応え、南部長官府攻略の準備を整えた。

ブューリィの街の前に兵を集結させ、一軍を以って攻城の構えを見せる。

フォルテが西より引き連れた兵数、千二百。

ゲオルグが北より引き連れた兵数、千八百。

ジョゼフが南で挙兵させた兵数、三百。

合わせて三千三百の軍勢だ。

また軍に不可欠な兵站輜重は、元商人のフォルテが天晴な手腕を発揮し、完璧に用立てた。

そしてこの動きに対し、南部長官府の正規軍は籠城を選択するのではなく、城外に打って出て、平野部での合戦を行う気配を見せた。

「全て私の思惑通りでございます、我が君！」

ジョゼフが得意げに報告する。

軍の司令部として据えた帷幕の中。

俺と傍らのレレイシャに、そのジョゼフやゲオルグ、フォルテの他、主だった騎士や軍人たちが

居並び、対面している。

「南部長官ジンデルガーを見限り、我が君の旗の下に集うようにと、私が説得して回りました有志の者たち――彼らを敢えて大々的に挙兵させることで、ジンデルガーに『他にも内通者がいて、城内に潜伏しているのでは？』と疑心暗鬼に陥らせたのです。その結果、ジンデルガーは籠城という選択肢を失う羽目となりました」

「うむ。内通者を抱えた籠城戦など、自殺行為に等しいからな」

俺は大いに首肯する。

内通者が城門を内側から開く、兵糧に火を点ける――他にもいろいろ悪さができる。

実際にジョゼフが実行可能だったかは別の話というか、可能だと自信を持てるほど有力な同志を集められなかったから、その方策は採らなかったのだろう。が、ジンデルガーからすれば内通者の規模と全容がわからないため、疑わざるを得ない。

それならばいっそ城外に打って出て戦った方がマシというのは、至極当然の判断だ。

「しかし、我らにとっても骨の折れる攻城戦を避けられたという状況です」

「なかなか悪知恵が回る」

俺が素直に褒めると、ジョゼフがますます得意げになった。

子どもがいたずらで知恵を絞るのは、見ていて微笑ましいものがあるだろう？　あれと同じ気分だ。

愉快、愉快。

「斥候の報告によれば、ジンデルガー軍の数はおよそ五千ほどとか。彼我の戦力差は約一・五倍となり、戦術に工夫を凝らす必要がございますな」

続いてフォルテが卒なく報告する。

初めて会った時からそうだったが、こいつは本当に使える男だという臭いがする。

「――だ、そうだぞ？　卿らの勝算を聞かせてもらおうか？」

フォルテの発言を受けて、俺は一同に諮る。

さてさて、今世での戦争は初めてだ。

前世において万軍の将としても大陸を馳せた俺だ、兵事に興味を持つなというのが難しい話。

三百年前に比べ、武芸は感心を覚えるほど発展していた。

魔術は嘆かわしいほど衰退していた。

ならば戦の様相は、現代の兵法は、如何なるものに変わっているだろうか？

「献策いたします、我が君」

一同の中では最年長のゲオルグが、おずおずと進言した。

「三地方より集まった連合所帯である我が軍は、烏合の衆の域を出ておりません。一方、ジンデルガーが軍務や練兵に、熱心だったという話を聞いたこともございません。彼奴らの練度も知れていると推察します」

「ふむ。ジョゼフの判断は？」

「ゲオルグ卿の賢察、全く異論はございませぬ。ジンデルガーはあれで、名長官を自認しております。

司法や治安に関しては血道を上げる一方で、太平の世において軍事調練は金を食うばかりだと確かに軽んじておりました」

「ですので、我が君。両軍ともに高度な作戦行動を望むのは、難しい状況というわけです」

「理解した。では、その状況の上でなんとする？」

「はい、我が君。まずは無策に正面から敵軍に当たります。数で劣る我が軍は、遠からず劣勢となり潰走を始めるでしょう。整然たる退却など望むべくもないので、これは致し方ありません。しかしそれを見た敵軍は、ここぞとばかりの追撃を始めるでしょう。ですが、これもまた整然たる軍事行動など望めはしない、逃げる獲物を嵩にかかって追い立てるような、無様な追撃戦となることは必然です――」

ゲオルグは自らの戦況予測を、よどみなく語ってみせる。

老練な騎士らしい一面を披露してみせる。

「――と、そこまで予測が付いた上で、策を弄します。我らはあらかじめ精兵二百を退却路上に伏せておき、遮二無二追撃してくる敵軍の柔らかい横腹に奇襲をかけるのです」

「なるほど。こちらは偽退ではなく、本当に総崩れとなるわけですから、敵軍も疑うことなく全力で追撃をしかけてくるだろう、と。そこも布石になっているわけですな」

ゲオルグの意図をすぐに理解したフォルテが、膝を叩いて納得した。

「本隊を囮にするとは、面白い発想です。いや、烏合の衆にも使いようはあるものですね。勉強になりました。ゲオルグ殿は用兵巧者でいらっしゃるようだ」

「犠牲の強いられる策ではありますが、寡兵の我らが勝つには他に手はないかと」

「戦場で兵に情けをかけるなど、自殺行為ですからね。ただ――」

「ただ、なんでしょう？　フォルテ殿」

「その精兵二百というのは、用立てできるのでしょうか？」

「私が北より引き連れて参りました。かねてより私自身が鍛えてきた、信用のできる精鋭部隊だと自負しております」

「なるほど、なるほど！　ゲオルグ殿は何手も先を見据えていらっしゃる！」

最前線は自分の活(い)きる場ではないという割り切りがあるのか、フォルテが惜しみのない絶賛をする。

一方、ジョゼフは同じ軍人としてゲオルグに完全にお株を奪われ、面白くなさげだった。

「さて、我が君？　ゲオルグ殿の献策、如何(いかが)いたしますか？」

レレイシャに判断を仰がれ、俺は即答する。

「なかなか興味深い話を聞かせてもらった、ゲオルグ。いずれおまえの知恵に報いよう」

「はッ。ありがたき幸せ」

だが済まんな――

、、、、、、、

「その策は却下だ」

彼ら「官軍」と、謎の吸血鬼を主君に戴く「賊軍」との、合戦が始まろうとしていた。

こなた、南部長官府直轄・正規軍五千。

長官ジンデルガー自ら陣頭指揮を執り、彼の訓令に兵ら全員が耳を澄ませる。

「このアーカス州は全て、我らが主君・ナスタリア伯爵閣下の所有物である！　にもかかわらず、その道理を忘れた謀反人どもが西に北に跳梁し、嘆かわしきことに我が膝元からもウジの如く湧き出おった！　断固、許すまじ！　諸君――これは決して内戦に非ず！　不届き千万の反逆者どもを断罪する、裁きである！　奴らは寡兵にして無力な愚衆！　恐るるに値せず！　皆、我に続けッ‼　大罪人どもに鉄槌を下し、満天下に正義と伯爵閣下への恩義を示すのだッ‼」

その威勢の良い言葉に兵らは煽られ、士気を高めていく。

兵とはいえ、また軍とはいえ、泰平の世だ。彼らの普段の仕事は、犯罪者を取り締まる治安維持であり、合戦など一人として経験したことがない。武器も手入れの行き届いていない槍だし、鎧は粗末な革鎧だ。

だからこそジンデルガーの訓令に勇気づけられ、初陣の不安が消える。

「いざ出陣‼」

「「「おおおおおおおおおおおおおおおお‼」」」

ジンデルガーの号令で突撃ラッパが吹き鳴らされ、兵たちは鬨を上げて突撃を開始する。

足並みはバラバラ。陣形もへったくれもあったものではない。

それでも勢いだけは本物だった。

数で勝る以上はその士気と勢いこそが肝要であり、ジンデルガーは将としてわきまえていた。

彼の兵らも勝利を確信していた。

遠く西部や北部くんだりからやってきて、わずか三千で戦わねばならぬ敵軍の兵らに、嘲笑と紙一重の憐憫さえ覚えていた。


その二体のゴーレムが、戦場に現れるまでは。


ジンデルガー兵らの、最初に誰がそいつらの存在に気づいたか？

ずばり、全員だ。

敵陣中にずっと伏せていたらしいその二体が、すわ合戦とやおら立ち上がるや、全高十五メートルは下るまい物々しい巨軀を、戦場に聳え立たせたのだ。

そんな巨大なモノ、戦場のどこにいようと視界に入らないわけがない。

一体は、真紅のゴーレムだった。

ドラゴンを模した凶悪なフォルムで、見る者を恐懼させた。

一体は、藍青のゴーレムだった。

顔のない巨人ともいうべき不気味な姿で、見る者を恐懼させた。

そして、二体のゴーレムはまだ敵陣中央にいるうちから戦闘行動を開始した。

紅蓮と蒼電。

ドラゴンゴーレムは敵陣中にいながらにして、その顎門から強烈な熱線のブレスを吹き、突撃中のジンデルガー軍を直撃した。

ジャイアントゴーレムも同様に、両手を組んで作った分厚い拳から莫大な電流を一直線に撃ち放ち、ジンデルガー兵らを掃射した。

どちらも恐るべき長射程、尋常ならざる火力であった。

ジンデルガー兵らはなす術なく熱線に焼かれ、電流に薙ぎ払われ、半ば蒸発するように焼死していった。

確かに彼らは、戦争を知らぬ世代の兵士たちであったが——

こんな戦争の形を、いったい誰が予想していたであろうか？

俺——カイ＝レキウスは丘に敷いた本陣から、戦場を一望していた。

周囲にはレレイシャ他、主だった者たちが幕僚の如く居並んでいたが、

「こ、こんなものは……もはや戦と呼ぶのが憚られます、我が君……」

「もはや、一方的な虐殺です……」

俺が常闇宮から取り寄せた二体のゴーレムの暴れっぷりに、ある者は顔面蒼白となり、またある

者は声を失っていた。

「そうか？　しかし、俺の知る戦争とは『こう』だぞ？」

俺は彼らの心情を理解した上で、敢えて諧謔めかす。

レレイシャが「さすがのユーモアでございますわ、我が君」とおかしげにする。

まあ、魔術がここまで衰退したのだから、戦争の様相もさぞや変わり果てたことだろうと、半ば予想は付いていたがな。

ゲオルグたちの語る兵法や戦況予測を聞いて、正直呆れさせられたわ。

まさか軍用ゴーレムも並べず、戦術級大魔法の応酬もなく、魔法の武具どころか粗末な槍を兵に持たせて、魔術儀式による肉体強化や霊的防護も与えぬままの裸に等しい状態で、原始的な白兵戦を強いるとは、な！

「そんな粗末な戦場に放り込まれる、兵が憐れと思わんか、レレイシャ？」

「まったくお優しいことでございますね、我が君。ゲオルグ卿の献策を却下なされたのも、ろくに教導を受けていない末端兵らの犠牲を前提に勝ちを拾うという点が、お気に召さなかったのでございましょう？」

「さあて、どうだかな。ただ俺のゴーレムを自慢したかっただけかもしれんぞ？」

「ふふ。畏まりました、そういうことにしておきますわ」

俺のゴーレムたちが敵軍を蹂躙する様を見物しながら、レレイシャと軽口を交わす。

その間にもフォルテが物言いたげな顔で、俺たちの方を見ていた。

解説が欲しいのだろう。

俺が顎をしゃくると、レレイシャが皆に語り聞かせてやる。

「あの竜を象ったゴーレムを〝火神〟といい、巨人を象ったゴーレムを〝雷神〟といいます。どちらも我が君の練造魔術によって生み出された、軍用ゴーレムです。かつての大戦時に〝十二魔神〟と呼び畏れられた、うちの二体です」

「あ、あんなものをまだ他に十体、我が君はお持ちだと仰せですか……?」

「遺憾ながら、常闇宮にも十は残っておりません。大戦時に破壊されたものもございますし、我が君が臣下に下賜したものもございますゆえ」

「そ、それでもあと何体かは有しておられるわけですな……」

スケールが違いすぎて理解が難しいとばかりに、フォルテは絶句した。

「だが俺の臣下になった以上は、皆見知りおけ。俺にとっての戦争とは、こういうものだとな」

「「……御意」」

「以後、俺の前で兵法を語るならば、『これ』を前提とせよ」

「「御意」」

「その上で、あれらを上手く使いこなせる者には、あれらをくれてやってもよいぞ?」

「な、なんと!?」

「あのようなとんでもないゴーレムを、我らにでございますかっ」

「我が君は本当に太っ腹でいらっしゃる」

皆、現金なものだ。顔面蒼白だったのが嘘のように、喜色を露わにする。

仮にも戦の最中に浮かべるべき表情ではないな。

まあ、〝火神〟と〝雷神〟の戦闘力を見れば既に勝った気になってしまうのも、わからんではないが……。

「これで終わりか？　つまらん」

俺は丘上から戦場を一望し、鼻を鳴らす。

するとどうだ？

まるで俺の独白に異を唱えるように――敵陣中から何かが飛び上がり、上空へと高速で翔け上がった。

天馬だ。

背には霊力で輝く甲冑をまとった、騎士が騎乗している。

総大将のいる本陣へと、まっしぐらに翔けてくる。

「おお、おお、良いぞ……！　戦とは本来、そうでなくてはな！」

にわかに戦乱の世の臭いが――懐かしい臭いが立ち込めてきたではないか！

ペガサスというのはそれ自身が強力な幻獣であり、非常に気位が高い。

ゆえに滅多に人を乗せることはないし――逆に言えば――ペガサスを馭（ぎょ）し得る者とは、もうそれ自体、誰劣らぬ勇者の証なのである。

かつての大戦時には俺の直臣にも、幾人もの天馬の乗り手（ペガサスライダー）がいた。皆、一騎当千の兵（つわもの）たちだった。

そして、今――俺のいる本陣目がけて、天馬の乗り手（ペガサスライダー）が天翔け、迫る。

「見事！　実に見事よな！　その武威、その勇敢を褒じて、この俺手ずから相手をしてやろう。邪魔をするなよ、レレイシャ？」

「御意」

さすがは薫陶行き届いた、俺の近侍。

レレイシャは引き止めるような野暮は言わず、恭しく一礼した。

一方、俺は素早く両手を複雑な形に組み合わせ、「結印」する。

そして全身に霊力を漲（みなぎ）らせると――翼も道具もなく、ただ《天翔（セイクー）》の魔術のみで飛行の奇跡を体現してみせる。

これにはフォルテやゲオルグたちも騒然だった。

ペガサスライダーを相手に、こちらは飛行手段なしでどうやって一騎討ちと洒落（しゃれ）込むのかと興味津々の様子だった連中だが、まさか俺が魔術によって独力飛行できるとは思っていなかったらしい。

「と、飛んだ⁉　我が君が空をお飛びになった⁉」

「これも吸血鬼（ヴァンパイア）の特殊能力の一つというわけでございますか……」

「いや、待たれよ。確かに劣等種（レッサー）以外の吸血鬼には飛行能力があると耳にしたことはありますが、それはあくまでコウモリの姿に変化した時では？」

「然様（さよう）……。人の姿のまま飛行できるなどと、そんな伝承は知らぬぞ……！」

と、魔術で飛行するのがそんなに珍しいのか、蜂の巣をつついたような騒ぎである。

まあ、《天翔（セイクー）》は基幹魔術系統の第五階梯（かいてい）。

当世の魔道士とやらには、想像もつかぬ次元にあろう。ましてその魔道士ほどにも術を心得ていないゲオルグたちが、パニックになるのも致し方ない。

説明はレレイシャに任せて、俺は大空の決戦場へと悠揚と向かう。

こちらの本陣目がけて翔ける天馬騎士と、その迎撃に出た俺とが、戦場上空で相対する。

「天馬の駆り手よ――許す！　名を名乗れ」

俺は魔術と霊力を緻密に制御し、宙の一点で滞空状態になるとそう告げた。

「ほ、ほざけ！　貴様のような怪しい輩（やから）に名乗る名などないわ！」

ペガサスライダーは単身飛行を行う俺の存在に強い動揺を覚えていたが、それでも憎まれ口を叩く気力は持っていた。

ククク、なかなかに威勢の良いことだ。

ただ、口の利き方は褒められたものではない。

「なんだ？　当世の騎士は戦場の習いも知らぬのか？　暴力を扱うしか能のない蛮人か？」

皮肉というより、ただただ遺憾と侮蔑で吐き捨てる俺。

それで相手は激昂（げっこう）し、声を張り上げた。

「ならば我が雷名を聞かせてやる！　畏れよ！　怯(おび)えよ！　我はナスタリア伯に身命を捧(ささ)げる忠義の騎士にして、武勇を誉れに南部長官府を預かりし者！　名をジンデルガーなり！」

「おう、貴様が長官ジンデルガーか」

相手が名乗ったことで、俺も一騎討ちの習いに従い名乗りを上げる。

「カイ＝レキウスだ。見知りおけ」

すぐ殺すなら、名乗っても無駄になる？

いやいや、そうではない。

一騎討ちというのは、そのような無粋なものではない。

本来、どんな手段を使ってでも相手を殺戮(さつりく)するのが本義の戦場で――そして、そのやり口を突き詰めたのが〝火神〟や〝雷神〟で――敢えて、伊達(だて)や酔狂に浸るのが一騎討ちだ。

術比べほど優雅なものではなくとも、血道を上げてまでやるべきことではない。

ゆえにこのジンデルガーが武勇で俺も満足させることができれば、生かしたまま捕虜にしてやってよい。

ローザの武術の冴(さ)えに免じて、生きたまま帰してやったようにな。

「カイ＝レキウス……？　〝流血王〟――邪神の名を騙(かた)るか、匹夫(ひっぷ)！」

「なんとでも思え。俺は俺よ」

一頻(ひとしき)りほくそ笑むと、

「さあ、来るがいい。当代の天馬の乗り手(ペガサスライダー)！」

俺は両腕をだらりと下げて、ジンデルガーに先手を譲ってやる。

奴はペガサスという稀少な騎馬だけでなく、甲冑もランスもなかなかのものを備えていた。

俺くらい練造魔術の造詣があれば、その武具が放つ霊力の煌めきを見ただけで、どれくらいの〝格〟かはすぐにわかる（ローザの持つ虹焔剣ブライネのように、真価が隠れているものは話が別）。

三百年前、俺は自分やアル用に、あるいは臣下に下賜するため、様々な武具を作製した。

だが、どれもこれもが業物や傑作だったわけではない。失敗も重ねたし、極まった一振りを作り出すための過程に必要な、いわゆる習作もたくさん作った。

俺は決して天才ではなく、ただ世界一努力しただけの魔術師なのでな。

ジンデルガーが具した甲冑とランスは、その俺の習作くらいには匹敵すると見受けた。

三百年前の大戦時においても、所有していて決して恥ずかしくないレベルのものだ。

「その余裕、後悔させてやるぞ戯けた吸血鬼！」

ジンデルガーがランスを構えて、天馬突撃を敢行する。

うむ、なかなかに堂々たるものだ。

巧く天馬を手懐け、また馭す技量を培っている証拠だ。

面白い！

俺も《天翔》を制御し、体を左方へ高速スライドしてその突進をかわす。

否、かわしきれたと思ったが、突進に伴ってジンデルガーのランスから発生した衝撃波が、俺の肉体を強かに打ちのめした。

奴の持つ槍の〝格〟、すなわち宿した高い魔力の仕業だ。

真祖の持つ不死性がなければ、右腕は千切れ脇腹は抉(えぐ)れていたかもしれない。

「ハハハ、次は心臓に杭(くい)をくれてやろうぞ！」

わずかによろめいた俺を見て、ジンデルガーは気をよくしたらしい。

馬首を巡らせながら勝ち誇った。

「クク、なかなかによい槍だ。本当に俺の習作の一つかもしれんな」

「減らず口を叩く余裕があるのか⁉」

「ククク、では次は俺の番だな？」

ジンデルガーの一撃ももらったことだし、反撃と洒落込もう。

とはいえ、まずは小手調べだ。

いきなり決着ではつまらんからな。

伊達や酔狂にならないからな。

俺は右人差し指と中指を立てて、虚空に複雑な「刀印」を切る。

最後に「ぬん」と気合を入れ、立てた二本の指でペガサスの顔を指し、霊力を放出。

精神魔術系統の《忘却(ダクサ)》を、第四階梯レベルに簡略アレンジしたものだ。

こんな御伽噺(おとぎばなし)があるのを、知っているだろうか？

かつて最強の戦士と謳(うた)われた、天馬の乗り手がいた。

しかし彼は、最弱の妖魔に敗北した。

なぜか？

妖魔は戦士を狙うのではなく、記憶を混乱させる下等な魔術をペガサスの方にかけたのだ。

憐れ戦士は、主を忘れたペガサスによって鞍から放り出され、墜落死した。

三百年前、ペガサスライダーの間でよく語られた笑い種であり――同時に何より、教訓と示唆に満ちた民話である。

「ゆえに俺の知る騎手たちは皆、決してペガサスの守りを疎かには――ん？」

ジンデルガーは主の顔を忘れた気位の高いペガサスに、鞍から放り出されていた。

「……こんなもの、小手調べだぞ？　何も対策をしていないのか？　……いや、待て。きっとそうだ。放り出されてもかまわんと、そういう形の対策をしているに違いない。なるほど、合理的だな。俺の時代より新しいな」

と、俺が一人勝手に納得している間にも――

ジンデルガーは戦場に墜落していき、汚い血の花を咲かせると潰れた肉塊に変わり果てた。

………………。

…………………つまらん。

………………………本当につまらん。

主将たるジンデルガーは墜落死した。

その兵たちは俺の〝火神〟と〝雷神〟によって蹂躙された。

南部長官府軍が白旗を上げない理由はどこにもなかった。

一方、ブューリィの街にはまだいくらかの守備兵が残っていた。

しかし、その者らも無血開城を申し出た。

申し出なければこちらは〝火神〟で城門を吹き飛ばし、無理やり開城させるだけのことだからだ。

こうして俺たちは、労せずして入城を果たした。

フォルテ、ゲオルグ、ジョゼフとその兵らには、捕虜となった敵兵の管理や占領下に置いた街の掌握を命じた。

俺はレレイシャのみを随伴し、亡きジンデルガーも起居に使ったという長官府役所へ向かう。

丘の上に建つ、ちょっとした小城めいた屋敷だ。

まだ抵抗する意思を失っていない者、あるいは少数の手練れが残っているとすれば、ここに違いないからだ。

「ふむ……館内にほとんど気配がないな」

「御意。ジンデルガーは人望なき長官でしたとか。警護の者や役人、使用人どもが、主と町を早々に見捨てて家財を奪い、そのまま逐電したとも考えられます」

「三百年前、親の顔より見た喜劇だな」

俺は嘆息し、まるでもぬけの殻となったような城内をレレイシャを連れて闊歩する。

「南も手に入れた。後は東部長官府を陥とせば、ナスタリアとやらの本領を包囲できるな」

「御意。して我が君、征東はいつごろ始めるおつもりでしょうか？」

「南の掌握と統治の目途がついてから……と思っていたが、考え物だな。ゲオルグら、戦に関しては当面、役に立たぬことがわかった」

「では我が君と私とですぐにでも征東を開始し、領地の平定は彼らに専念させるという、役割分担を行ってはいかがでしょうか？」

「それが無難であろうな。予定通りに南部はジョゼフに任せる。後で伝えておけ」

「御意」

俺に随伴するレレイシャは、足を止めるわけにはいかずに、軽く頭を下げるだけの一礼をする。略式だからこそ最敬礼を込めて。


そんな散文的な雑談を交えつつ、レレイシャと館内を一通り練り歩いていた。

そして屋敷の一角に設えられた礼拝堂に、俺は一歩を踏み入れた。

――まさにその時だ。

俺はピクリと体を震わせた。

ほんの一瞬遅れて、レレイシャも気づいた。

だが俺たちは何食わぬ顔で、礼拝堂にズカズカと踏み入る。

恥知らず且つ大々的な歴史捏造と、権力の正当化が施された現在のヴァスタラスクでは、神といえば現人神であるカリス以降の歴代皇帝たちを指し、また彼らに帝権を神授したとされる光の神アル＝シオンのことのみを指すらしい。

そして、現人神たる皇帝たちへの崇拝を強要される——それがこの帝国での、宗教の在り方なのだという。

だからか貴族や権力者の居城・邸宅には必ず礼拝堂があり、偽りの初代皇帝カリスの像が飾ってある。天井が高く、ガラスを張って採光性を高める、型にはまった建築様式まで一緒だ。

そんな礼拝堂の真ん中に立ち、俺は高らかに訊ねた。

「隠れてないで、出てきたらどうだ？」

返答は、なんとも騒々しいものだった。

天井の三か所にあるガラスが割れ、三つの影が舞い降りてきたのだ。

うちの一つは、誰あろう赤毛の剣士ローザであった。

俺が鍛え、今は彼女の手に渡った虹焔剣ブライネを引っ提げ、意趣返しせんと瞳を燃やしていた。

あとの二人は見覚えのない相手だった。

古式ゆかしい重甲冑に、両刃の大斧を携えた戦士が一人。

そして、蜂蜜色の金髪を持つエルフの女が一人。

そのエルフが自由落下しながら、呪文を詠唱した。

「光の精霊よ！　闇を打ち払う者よ！　その者の邪悪なる力を、根こそぎに削ぐべし！」

その詠唱に呼応して、礼拝堂内がいっぱいに輝く。

床にあらかじめ、魔法陣が描かれていたのだ。

それもご丁寧に特殊な果実から採れる透明な塗料でだ。森の民に伝わる秘密の知恵だ。

その魔法陣がエルフの霊力と詠唱に反応し、今は眩いばかりに輝きを放っていた。

恐ろしく複雑で、精緻で、どれだけ時間をかけ、どれだけ入念に描いたものか、その努力と熱意が窺える、凄まじいまでに強力な魔法陣が正体を現していた。

「その陣に入った以上、たとえ貴様が真祖であろうと身動きはできんぞ――吸血鬼！」

堂に入った啖呵を切るエルフ。

ローザ、重戦士とともに華麗に着地を決める。

クク……。

ククククク……。

ようやく面白くなってきたではないか！

「我が名はジェニ！　マシュリの森のエルフにして、代々のアーカス領主に仕える騎士！　現領主

ナスタリア伯の命により、そして義憤により、吸血鬼——貴様を討つッ！」

女エルフが声高に名乗りを上げ、大義を語る。

その間にも霊力を練り上げ、俺を拘束する魔法陣へと注ぎ続ける。

これほど豊かな霊力量、エルフにおいても稀有（けう）であろう。

なかなかに見どころのある奴だ！

そして、この俺から霊力を奪い、拘束するこの魔法陣。

四大魔術系統の第十一階梯、《破邪烈光陣（ブラウグロア）》という。

複雑精緻な魔法陣を用意し、対象をそこにおびき寄せねばならぬ大掛かりな魔術ではあるが、その効能は絶大。

なるほど、吸血鬼の真祖（トゥルーブラッド）でさえ滅し得る正真の大魔術といえよう。

よくぞ、これほどの術を心得たものだな、ジェニとやら！

当代の不甲斐（ふがい）なき魔術師やそのモドキどもに、見習うよう言ってやりたい。

いや、エルフというのは長生きだからな。

こいつももしや、戦乱の世の臭いを知る者かもしれん！

「ククク、大したものだ。見事なものだ。これはさしもの俺も、軽々には動けん。褒めて遣わすぞ、ジェニとやら」

「ほざけ、不遜極まる吸血鬼！　その傲慢さを悔いて滅びろ！」

ジェニがレイピアの切っ先を俺に向けて叫ぶ。

それが合図であったかのように、ローザと重騎士が突撃してくる。

この《破邪烈光陣（ブラウグロア）》の内側は、俺のような吸血鬼や、あるいは不死者（アンデッド）といった闇の住人たちを拘束し、消滅するまで霊力を奪い続けるが、そうでない者たちには全く効果を発揮しない。

当然、ローザや重戦士は普通に動ける。

俺の首を獲りに来る。

「我は東部長官ゴライオス！　そのそっ首、叩き落として我が武勲としてくれるわ！」

重戦士が突進しながら、大斧を振りかぶって叫んだ。

ほう、俺が東に攻め入る前に、長官の方から先に出張ってきたか。

敵もさすがにバカではない。いつまでも指をくわえて待っていない。

こいつにローザ、ジェニと、恐らくはアーカス州の最精鋭たちを集め、ここで一息に俺を討たんとする算段か。

南部長官府やジンデルガーを囮に、罠（わな）を張って待っていたわけか。

ククク、なるほど。なるほど。面白いぞ。

本来、真祖は首を刎（は）ねられようと、潰されようと再生できるが、この特殊な魔法陣の中では、霊力を奪われた状態では難しいかもしれんな。

だが――

この魔法陣内で動けるのは、おまえたちのみではない。

魔術人形（サーヴァント）たるレレイシャも同様だ。

俺の前に素早く移動すると、ローザらを阻まんと立ちふさがる。

「我が君！　私めが御身を守護奉る驕慢、どうぞお許しください！」

常に楚々たるレレイシャも、この状況では澄まし顔でいられないようだった。

逼迫した様子を隠さず、両の繊手を振るう。

不可視の糸が無数に放たれ、ローザとゴライオスを迎撃せんと網を張る。

「ぬう⁉　面妖な⁉」

ゴライオスが不可視の糸に何重も絡まれ、身動きを封じられ、悲鳴を上げた。

こいつはジンデルガーに負けず劣らず、なかなかの〝格〟の重甲冑を具していた。

おかげでレレイシャの糸に全身を拘束はされても、切断にはいたらなかった。

ただし、時間の問題にすぎない。

重甲冑とはいえ、本当に全身を完全に覆い尽くしているわけではない。目元ののぞき穴の他、関節部分やつなぎの部分など、いくらでも隙間がある。

レレイシャの糸はそこから這いより、侵入し、中の生身をズタズタに寸断する。

「ぎゃあああああああああああああ！」

ゴライオスは結局、何もさせてもらえぬまま断末魔の悲鳴を叫び、絶命した。

なんとも呆気ない。が、レレイシャが「本気」を出せば、こんなものだ。

その一方で――ローザの迎撃には手こずっていた。

「ちぇあっ！」

気勢とともに、ローザが剣を一閃させる。

それも目を閉じた状態で、だ。

にもかかわらず狙いは正確、彼女に迫った全ての糸を尽く斬り払って撃退する。

ほとんど不可視の糸を気配だけで察知し、見事に斬り伏せてみせたのである。

ククク。

こやつ、本当に武の天才かもしれんな！

「あらあら、厄介ですこと」

レレイシャが珍しく、心底忌々しそうに吐き捨てた。

切断された無数の糸が、炎上しながらハラハラと舞い散っていた。

ローザの持つ虹焔剣ブライネの魔力によるものだ。

「彼女が持つ剣、もしかしなくとも我が君が鍛えた武具ではございませぬか？」

「その通りだ。あれはブライネだ。そして、この女はアルベルトの裔らしいぞ」

「恨みますわよ、我が君？」

レレイシャは冗談めかしたが、嘆き自体は本物であろう。

もしローザに武の天賦がなければ、あっさりと不可視の糸で斬殺されていたはずだ。

もしローザに俺が鍛えた剣がなければ、たとえ不可視の糸を察知できても、強靭無比な材質でできた糸そのものを断つことができなかったはずだ。

武才に名剣――

その二つが合わさることで、レレイシャのいる本物の強者の高みに肉薄してみせたのだ。

さらには元々の話、炎の魔力を持つブライネを相手にするのは、糸使いのレレイシャは苦手にしていたからな。

「不甲斐なしとお叱りくださいませ、我が君。このレレイシャといえど、どうもこの小娘一人を相手取るのが精一杯のようでございます」

「充分だ」

俺は忠実にして有能なる近侍を、心からねぎらった。

おかげで俺は、この魔法陣の対処に集中できるのだからな。

「ジェニと言ったな？　この術式は誰から学んだ？　父か？　母か？　それともマシュリの森の長老たちか？」

「吸血鬼と口を利くのも不愉快だが、我が師の名誉とあれば答えよう！　この術式は我が森出身の大英雄であらせられた、シェイハ様より教わりしものだ」

「なるほど、やはりか」

「!?」

俺が口角を吊り上げると、ジェニは覿面に動揺した。

「やはり!?　やはりだと!?　どういうことだ!?」

狼狽して訊ねる女エルフに、俺は答える代わりに呪文を「詠唱」する。

「光の精霊よ、落日とともに去る者よ――だったかな？」

それを聞いたジェニが「なっ……」と顔面蒼白で絶句する。

「なぜ……なぜ、貴様が解呪式を知っている⁉　シェイハ様より我が森のみに伝えられた、この秘術の要訣を⁉」

「知っているのは当然だ。もともと《破邪烈光陣》は、俺がシェイハの持っていた知識とアイデアを元に、共同で編み出した魔術だからな」

「なんだとぉ⁉」

俺の言葉のいちいちが仰天すべき真実なのだろう。

ジェニはもう目を剝いて、素っ頓狂な悲鳴を連発した。

一方、俺は落ち着き払って説明を続ける。

「そもそも《破邪烈光陣》は、詠唱なしの魔法陣のみでも成立できる魔術だったのだ。その洗練の極みを、シェイハは嫌がった。『精霊への敬意が足りぬ』などと言い出して、不必要な詠唱を付け足しおった。まったくエルフというのは頑迷な種族だ！」

憎まれ口を叩きつつ、かつての重臣の――シェイハの生真面目で、融通が利かなくて、でもだからこそ気品に満ちた美しい顔を思い出して、相好を崩さずにいられなかった。

「光の精霊よ、落日とともに去る者よ、汝の休息は我らにもまた安息をもたらすものなり。然らば、次の暁まで。しばしの然らば」

思い出に浸りながら、解呪式を全て唱え終えた。

礼拝堂の床一面に描かれていた魔法陣が全て霧散し、俺は吸血鬼の天敵ともいえる魔術拘束から脱した。

まったく、シェイハめ……。

俺の術に不合理なアレンジを付け足してくれたおかげで、思い出すまで時間がかかってしまったではないか……。


俺はしばし瞑目（めいもく）し、心境に一区切りがつくのを待って刮目（かつもく）した。

「さあ、ジェニよ。真祖を討つための、次の準備はないのか？　また俺を楽しませてくれ」

シェイハの直弟子だという女エルフに、幾分の親近感を覚えながら促した。

ところが――

ジェニは何もしてこなかった。

その場に立ち尽くしたまま、全身を小刻みに奮わせていた。

まさか、もうタネ切れなのか？

まさか、すっかり怖気（おじけ）づいてしまったのか？

興が失せること甚だしい。

俺は一瞬鼻白んだが、それは尚早だった。

「貴様は……いや御身は、まさか本物のカイ＝レキウスであらせられるか？」

ジェニは震えた声で俺に訊ねた――

「ククク。本物かも何もカイ＝レキウスとはこの俺のことで、この俺以外のカイ＝レキウスがいるのかどうか、とんと知らぬな。……ああ！　帝国とやらの建国を妨害した邪神も、確かカイ＝レキウスだかいうのだったか？　会ったことがないゆえ忘れておった」

「そういう話ではない！　騙りではないかと、私は疑っているのだ！」

冗談めかした俺の口調が気に入らなかったのか、ジェニは真剣に聞いているのに茶化すなとばかり、激昂した。

「そもヴァスタラスク『帝国』の建国神話に登場する、邪神カイ＝レキウスとは真っ赤な偽り、歴史の改竄だ！」

「ほう、詳しいな」

「私はエルフだ！　齢三百の、歴史の生き証人だ！」

「なるほど、なるほど。それで？」

「本物のカイ＝レキウスは……陛下は、ヴァスタラスク『統一王国』の、真の建国の英雄であらせられる！　貴様のような吸血鬼ではない！　まして三百年前に亡くなられた人物だ！」

「クククク、ならばジェニよ。こうは考えられないか？　その建国の覇王が魔術の秘奥を用いて、三百年後に吸血鬼の真祖として転生した――とは」

「バカバカしい！　そんな魔術、実在を聞いたことがない！」

「おおっぴらに知られている魔術を、秘奥とは言うまい？　《破邪烈光陣》をはじめ、シェイハの修めた高等魔術がマシュリの森にしか伝わっていないようにな」

「ぐ……っ。し、しかし、人が真祖に転生するなど……そんな大それたことが……」

「ジェニよ。おまえの知るカイ＝レキウスはたかがその程度の至難を覆せず、不可能のままにしておく男だったかね？」

「うぅっ……」

もう反論の言葉を失ったか、ジェニが唸るだけとなる。

俺を見るその目が、どこかすがるような眼差しになったかと思うと、信じきれずに不安げに瞳が揺れてと、行ったり来たりを繰り返す。

他方、一対一の激闘を繰り広げていたレレイシャとローザが、異変に気づいて一旦、戦いの手を止める。

「何やってんのよ、ジェニ！　魔法陣はどうしたわけ⁉　吸血鬼退治してやるって息巻いてたのはあんたでしょう⁉」

「そこのエルフの女騎士、分を弁えなさい！　この御方をどなたと心得ているのですか？」

間合いを切って左右に離れたローザとレレイシャに、交互に詰問されてジェニは首をせわしなく振る。

レレイシャはその視線をローザから奪い、自分に惹きつけるように高らかに宣言する。

「この御方こそ一代にして大陸を平定し、九道二百四十一州を掌にせし絶対支配者。魔術を究めし覇王。百万禁軍を統べ、同時にその頂点に立った最強術者。カイ＝レキウス・ヴァスタラスク・エルマ・ザ＝プロヴィデンス一世陛下なるぞ！　頭が高いッ！」

その叱声に打たれたようにジェニはその場でのろのろとひざまずき、俺に向かって真っ直ぐ頭を垂れた。

「ちょっと、ジェニ⁉　あんた、なんのつもり⁉」

とローザが目を剝いて批難するが、ジェニはもう相手にしない。

むしろそれで肚が据わったようで、俺に対する態度が極めて恭しいものになる。

「改めて、名乗れ」

「はい、陛下ッ。私はマシュリのエルフで、ジェニと申します。今はゆえあってナスタリア風情の騎士に甘んじておりますが――本来は御身が唱えた天下泰平と万民平等の大志に、我らの森の悲願を重ね、英雄シェイハとともに陛下の元へ馳せ参じ、剣を捧げし者でございます！　……ただ三百年前当時、私はまだ本物の小娘でございましたゆえ、百万禁軍のほんのほんの末席を与えられたのみで……。御身との拝謁叶いました時も、遥か後方よりご尊顔を眺めたのが関の山だったという有様でございまして……」

ゆえに俺の顔を正確には知らず、真贋判定できなかったということか。まして今の俺は十五、六の時分の姿に若返っているわけだしな。

クク、愉快な話だ。

まったく可愛い奴め、その滑稽さは嫌いではない。

「陛下……偉大なるカイ＝レキウス陛下……！　御身に剣を向けた大罪、決して許されることではございませぬが、どうかこの臣に奏上の機会をお与えください！」

「いや、許そう。面白かったゆえにな」

「あ、ありがたき幸せ……っ。やはり御身は慈悲深き真の王者！　誰にも仕えぬマシュリのシェイハが、千年間で唯一人お仕えした御方！」

「よい、よい。わかった。で、申したき儀とは？」

「はッ。陛下が崩御されて以降の百年、代々の王は劣化の一途をたどり、ヴァスタラスクの世情は悪くなる一方でございました。あまつさえ五代カリスは皇帝を僭称し、自らの無能を棚上げして陛下の偉業を妬み、葬り去らんとして歴史の改竄を行いました。そして、シェイハ様はその悪趣味なやり口に真っ向から異を唱え、カリスの不興を買い――」

そこでジェニは一旦、言葉を切った。

当時の怒りを思い出したように歯軋りをし、唇を噛み、ようやく続けた。

「――カリスに謀殺されたのです」

………。

…………そうか。

シェイハはそんな風に逝ったか。


シェイハはできた臣下だった。

ともに魔術を研鑽（けんさん）する友人だった。

何より佳い女だった。

それが、つまらん死に方をしたか。

全く笑えん話だな。

つまらん。本当につまらん。

カリスとやらが既に過去の人物で、この俺手ずから縊（くび）り殺してやれないのが、一番つまらん。


「……で？」

俺は罪なきジェニに当たらぬよう、声を荒らげぬようにと気をつけて先を促した。

「シェイハ様はご自分の命が長くないことを、正確に予測されておりました。ゆえに、私に後事を託して逝かれました。いつか御身の如き偉大なる覇者が再び現れ、腐敗したヴァスタラスクを正してくださると信じて――その新たな御方の元に馳せ参じ、剣を捧げるようにと。それまでは腐ったヴァスタラスクに甘んじて臣従し、雌伏せよと。耐えよと。シェイハ様亡きこの二百年、本当に、本当に辛うございました」

また思い出したのか、ジェニの語尾に湿ったものが混ざる。

……さぞや、過酷な二百年だったのであろうな。

シェイハの言葉と彼女への尊敬の念を胸に、ずっと耐えてきたのであろうな。

ジェニは鼻を啜（すす）り、目元をこすると、また凛々（りり）しい面構えになって言った。

「陛下！　偉大なるカイ＝レキウス陛下！　御身にお願いしたき儀がございます！」

「聞こう」

「どうか、この腐り果てたヴァスタラスクを打ち毀（こわ）してくださいませ！　正しい世に直してくださいませ！」

「よかろう」

俺は即答した。

ジェニの、シェイハの、二百年の悲願を背負った。

元よりヴァスタラスクは破壊するつもりだったが、そんなのは関係ない。

これほど一途な想いを、背負えずに何が覇王か。

「ありがたき幸せ！　今日この日より、私は再び御身の剣となります！」

「許す。来い」

俺はジェニに向けて、鷹揚（おうよう）に手を差し伸べる。

ジェニは感極まったような表情になると立ち上がり、そして跳びつかんばかりの勢いで抱きついてくる。

エルフ特有の折れそうなほどに細い肢体を、俺は受け止めて訊ねた。

「まずは血をもらうが、よいな？」

「どうぞ、陛下！　我がカイ＝レキウス陛下！　私の全ては御身のものでございます!!」

俺は首肯代わりに、ジェニの華奢(きゃしゃ)な首筋に牙を立てた。

途端、強烈な甘みが舌に広がる。

しかし、嫌ったらしいところが全くない。蜂蜜のように素朴で、それでいてどこか蠱惑(こわく)的なフレーバーだ。

俺としたことが思わず、しばし夢中で啜り立てる。

同時に、吸血行為がもたらす官能的快感をジェニに与える。

たちまち彼女は陶然と表情を蕩(とろ)かせ、羞恥心さえかなぐり捨てて喜悦の叫びを上げた。

数百年間ずっと抑圧されてきた何もかもを解放し、迸(ほとばし)らせるかのような大声で。

しばし夢中でジェニの血を吸い、俺は口を離した。
エルフの細いうなじからは未だ蜂蜜のような、濃密な甘い匂いが立ち昇っているかのよう。
俺は再びむしゃぶりつきたくなるのを堪(こら)え、己が全身を巡る霊力量を確認する。
さすが霊力豊かな森の民の血を吸ったおかげか、相当量が回復していた。

だが、まだ全然足りない。

ジェニの《破邪烈光陣（ブラウグロア）》は本当に強力な対吸血鬼の術式で、あの短時間にもかかわらず俺の全霊力の七割ほどを持っていった。

さすがはシェイハ直伝。そして、俺たちが編み出した第十一階梯という話だ。

「陛下……もっと……もっと吸ってください……。もっとぉ……いくらでもぉ……」

ジェニがすっかり発情しきった顔で哀願してくる。

俺にいっそうしがみつき、切なそうに内腿（うちもも）をこすりつけてくる。

気位の高いエルフとは思えない仕種だ。

「うふふ。真祖ともなられると吸血に伴う魅了の力一つとっても、尋常ではないのでしょうね。それともそのエルフの我が君を慕う気持ちによるものでしょうか？」

「たわけるな、レレイシャ」

俺はジェニをあやして宥（なだ）めながら、レレイシャに一睨（にら）みをくれる。

それから視線をローザに移す。

霊力量が回復しきっていないし、ジェニの血をもっといただきたいのは俺もやまやまだが、先に片づけておくべきことがある。

「あ……あ……あ……っ」

ローザはすっかり蒼褪（あおざ）めた顔で、ジェニを見つめていた。

「ジェニ……ジェニ！　あんたはムカつく奴だけど、本物のプライドを持った本物の騎士だって思ってたのに……っ。一緒に伯爵さまをお支えするに足る同志だって認めてたのに……っ」

ジェニが隠していた真意と目的、そして吸血中の乱れっぷり――同僚騎士のあまりの変わりようにすっかりショックを受けているのだろう。

「……なんとか言いなさい。……なんとか言いなさいよ、ジェニぃ！　二君に仕えて恥ずかしくないの、あんたぁ⁉」

「……私の忠義は三百年前の最初から、カイ＝レキウス陛下のものだ」

ローザになじられ、煽られ、ジェニがまだ情欲の残滓をくすぶらせながらも、冷淡な口調で反論した。

「恥というならば、やむを得ぬとはいえナスタリア風情に仕え、邪悪の片棒を担がされていた時の方がよほど耐え難い恥辱だった」

「ハァ⁉　伯爵さまを悪人だって貶すわけ⁉　冗談は休み休み言って頂戴！」

「無知は度し難いな、騎士ローザ。いや、盲目的というべきか。どちらにせよ、愚か極まる」

「待ちなさいってば！　確かに帝国の在り方にはあたしだって思うところはあるわ！　実際、帝都を追われた身だしね！　でも伯爵さまは――アーカス州領主ナスタリア伯は違うでしょ！　民を慈しむ、ご立派な名君だわ！」

「ハハッ。それこそ冗談だ、騎士ローザ。家畜を大切に育てるのを、あなたは仁愛と呼ぶのか？どう扱おうとも所詮、家畜の末路は同じだ。貪り、喰らうだけだ。ナスタリアはせっかくなら美味いものを食べたくて、手間をかける主義だというにすぎん」

「それ以上、伯爵さまへの侮辱は許さないわよ‼」

「ほう。許さなければ、なんとする？　騎士ローザ？」

ジェニがうっすらと意地悪に笑った。

先ほどの意趣返しで、今度は彼女がローザを煽ったのだ。

それを受け、俺はたわむれにローザへ問う。

「既に決着はついたと思うが、まだ抵抗するつもりはあるか？」

俺とローザは一度戦ったことがあるし、まるで勝負にならないことは歴然だ。

加えて、今はレレイシャまでいる。

東部長官の某(なにがし)はお話にもならぬ匹夫であったし、恐らくローザの勝算はジェニの《破邪烈光陣(ブラウグロア)》に頼るところが大きかったはずである。

そのジェニも今や俺の軍門に降(くだ)り、もはや勝敗は明白だった。

「ぐぐぐ……」

ローザも道理がわからぬバカではない。

剣を構えたまま、じりじりと後退していく。

「黙って逃がすと思うか？」

「うっ……！」

俺がもう一度たわむれに問うと、ローザは渋面になって唸った。

「だ、だったらどうするわけ⁉　言っとくけど、あたしにだって覚悟はあるわよ⁉　あんたは無理でも、隣の女と刺し違えてやるんだからァ！」

　その覚悟のほどを見せるかのように、虹焔剣へ注ぐ霊力を増やし、刀身に纏わせた炎の色を赤から青に変えながら吠えた。

「ククク、そう跳ねっ返るな。まあ、そこもおまえの可愛いところだが」

「ハァ⁉」

「そう、俺はおまえのことが気に入っている。ゆえにこたびも、生かして帰してやってもよい。だが、タダで帰ろうというのは少し虫が良すぎよう？」

　俺が三たびたわむれに問うと、ローザはダラダラと額に汗を流した。

「ま、まさか……」

「そのまさかだ」

「あたしの血を寄越せっていうわけ⁉　ジェニ一人じゃ飽きたらず⁉」

「おまえの血もまた甘露だったゆえにな。せっかくだ、飲み比べと洒落込もうではないか」

「サイアク！　サイサク！　サイアク！」

　俺の揶揄をローザは覿面に真に受け、顔を真っ赤にする。

　ククク、本当にからかい甲斐のある女だ。

　実に面白い。もっとからかってやりたくなる。

「ものは考えようだぞ、ローザ？　おまえがここで果てれば、ナスタリアとやらは重要な騎士を一人、失うことになる。しかし生きて帰れば、おまえは今後もナスタリアの剣として、忠節を全うできる。

わかるな？　せっかく愚かな吸血鬼が、おまえを生かして帰してやるとたわけたことを言っているのだ。そこに付け込み、生き延びるべきではないか？　一時、恥辱に甘んじれば、それで済む話なのだぞ？　いや、それもまたナスタリアへの忠義とは言えまいか？」

俺は自分でも思ってもない屁理屈を、さももっともらしく並べ立てる。

「ううぅーっ」

だが、このからかい甲斐のある少女騎士は、やはり真に受け、必死に思い悩み始めた。

その心情を表すように、構えたブライネの刀身に纏う炎の色が、青から赤へ、赤から青へと、揺れ動いた。

そして最後には苦渋の決断をした。

「本当に血を吸わせるだけで、帰してくれるんでしょうね⁉」

「俺は約束を違えたことは、一度たりとない」

契約を疎かに考える者、する者は、魔術師として決して大成できぬゆえに、な。

「わかったわよ！　さっさと吸って、満足しなさいよ！」

ローザは剣を鞘に納めると、自ら髪をかき上げ、うなじをさらした。

俺は彼女の傍まで行き、遠慮なく抱き寄せると純白の肌に牙を立てる。

たちまち得も言われぬフレーバーが、凛と舌の上に広がる。

やはり、美味い。

薔薇を溶かして液体にしたかのような、高貴な味わいが堪らない。

一方、にわかに快感に襲われたローザは、喘(あえ)いでなるものかと歯を食いしばった。

しかし堪えきれなかったように、漏れ出る吐息が艶めいたものになってしまう。

割り切って悦楽に浸ればよいものを。もどかしげに身悶(みもだ)えつつも必死に耐え忍んでいる姿が、少女とは思えぬほどなまめかしい。

強情な奴だ。もっとも、それがローザの魅力でもある。

「陛下、陛下、どうかこの私の血も吸ってください……っ」

ジェニまで堪らなくなったように、甘い声でねだってきた。

俺は右手でローザを抱いたまま、左手でジェニを抱き寄せ、天上の蜂蜜の如き彼女の血も味わう。

「サイアク、本当に飲み比べをするだなんて！　くっ、屈辱だわ……っ」

「私の血を——こんな女の血ではなく、このジェニの血をもっとご所望ください、陛下っ」

「ククク。仲良くせよ、おまえたち」

俺はほくそ笑みながらローザの血とジェニの血を、交互に堪能(たんのう)するという至福に耽溺(たんでき)する。

ところが今度はレレイシャまで言い出した。

「さすがに妬(や)ける光景でございますわ、我が君」

と、唇を尖(とが)らせる。

レレイシャは俺の寵愛(ちょうあい)を疑わぬゆえ、普段はちょっとやそっとでは嫉妬などしないのだが。珍しい。

しかし魔術人形(サーヴァント)であり、血液の代わりに霊液(エーテル)が流れているがゆえに、俺が吸血鬼といえど彼女の首筋に牙は突き立ててはやれない。

「私の血も召し上がっていただけるようにと、どうしてそう作ってくださらなかったのか。お恨み申し上げますわ、我が君」

「クク。そういえば、俺が《破邪烈光陣(ブラウグロア)》に囚(とら)われていた間、おまえが護衛を果たしてくれた褒美が、まだだったな？」

「あら、頂戴してもよろしいので？」

「無論だ。信賞必罰は俺の信条だ」

「でしたら、私の血ではなく、唇を吸ってくださいませ。我が愛しの君」

言うなりレレイシャは俺の正面に来て、そっと目を閉じ顎を上向ける。

褒美とあれば仕方がない。

俺は彼女の望むまま、その可憐(かれん)な唇に唇を重ね、吸う。

ただし、軽くだ。

こいつはこれで意外と、まるで初々しい恋人同士のようなキスが好みなのだ。

「ね、ねえっ……ねえってばっ」

ローザが目尻に涙を溜(た)めながら、抗議するように訊(き)いてきた。

「別にあたしは要らないんじゃないの？　これ、いつまで続けなきゃいけないの？」

「俺の霊力が、完全回復するまでだ」

「だから、それはいつよ⁉」

「ジェニの《破邪烈光陣(ブラウグロア)》は真に強力だった。ゆえに少々吸ったところではまるで足らん」

そう言って俺はローザの血を吸い立てる。

「恨むわよジェニいいいいいいいいいいいいいいいいいっっっ」

悲鳴とも激しい嬌声（きょうせい）ともつかぬ絶叫が、礼拝堂の高い天井に木霊した。

第五章　永劫の夜を統べる者

完全に制圧、接収した南部長官府役所で、俺はフォルテの報告を受けていた。

ジンデルガーが使っていた執務室のことである。

フォルテに始まりの町であるブレアを任せてから二月が、その後に征服したアーカス州西部丸ごとを与えてからも一月が経っている。

その間、この知恵者の統治によって領内がどんな様子となっているか、また変化の兆しがあるか——フォルテ自身が分厚い報告書にまとめてきていた。

せっかく遠路南部長官府まで訪れて俺と合流を果たすのだから、ただ兵を率いてきただけでは芸がないと考えたらしい。

さすがこいつは如才ないというか、筆まめな男はそれだけで官僚として使えるものだ。

「ふむ……。西部の民は特に反発もなく、我らの支配を受け入れているようだな」

報告書に目を通しながら、俺はまずその点に満足してうなずいた。

さすがフォルテは元商人だけあって、西部各都市の市場の活気に変化がないことや、新体制に対する不平の声（といえば聞こえはいいが、あることないこと中傷する怪文書）の少なさ等、具体的な数字も添付している。

己の管理が大過ないことをアピールするため、粉飾したような気配もない。

そういうのは数字の不整合や不自然さとして現れるからな。そして、それを見逃すほど俺は前世で暗愚な王をやっていたわけではない。

「我が君の計らいに従い一割の減税を布告したことと、また今後二年間は特別に無税としたことで、民らがカイ＝レキウス様を新たな主として好意的に受け入れた結果でございます」

「どうせ民らにとって、お上の名前や何者かなどどうでもよいのだ。負担の少ない税制度と公平な司法制度、加えて治安の良ささえあれば、民らは叛意(はんい)など抱かぬ」

その三点さえ押さえておけば、民意を得るのに複雑な占領政策など必要ない。

俺が処断した魔道士ラーケンをはじめ西部の代官どもは、私腹を肥やすためやや重めの税を民から搾っていた。ゆえにその分だけ減税してやるのは簡単な話だった。

また二年の無税措置については、ラーケンらが溜(た)め込んだ私財をこれに充てることで代替する。

ラーケンらと癒着していた豪商らからも、これまであくどい商いを罷(まか)り通してきた罪を許してやる代わりに、たっぷりと金を吐き出させた。

奴(やつ)ら御用商人どもに散々に煮え湯を飲まされたフォルテだから、少しは溜飲(りゅういん)が下がったのではないか、ははは！

「我が君のご薫陶もあり、税制や法制に関しては上手くいっております――」

ところがフォルテはそう答えつつ、顔色を曇らせる。

「――ですが治安に関しましては、問題アリと申し上げるしかなく……」

恐縮頻りの様子で、己の力量不足を正直に懺悔した。

報告書にも包み隠さず書かれている。都市部の治安はまずまずなのだが、少し離れた村落や街道に山賊野盗どもが跋扈し、多数の被害届が出されているようだ。

「ラーケンら地方代官が管理していた兵どもは素行の悪い者が多く、かなりの数を解雇せざるを得ませんでした。新たに徴募した兵たちはやはり練度も低く、補充としては不足がございます」

ゲオルグらより一月早く領地を預かっておりながら、フォルテが南部長官府まで率いてきた兵数が少なかったのもそのためだろう。多くを西部に残してこなければ、治安維持にますます支障をきたしたのだろう。

「大方、馘首にした素行不良の兵どもが、そのまま下野して匪賊に落ちぶれたというパターンであろうな」

「御意。連中を厳しく取り締まるためにも、また衛士が新兵ばかりとこれ以上、舐められないためにも、我が君のご助力を賜ることはできないでしょうか？」

「具体的には？」

「ブューリィ攻めに使ったあの軍事用ゴーレムのような、強大な戦闘力を持つ何かをお貸し願えないでしょうか？　匪賊どもが畏れ慄き、お上に逆らう気力を失くしてしまうような」

「ならぬ」

フォルテの要請に対し、俺はかぶりを振って即答した。

こやつなりに対策を思案したのであろうが、そのやり方は絶対にならぬ。

「な、何ゆえでしょうか？」

「あのゴーレムのような『怪物』を治安維持に使うのは、抑止力にしても過剰にすぎる。匪賊どもはおろか罪なき民まで恐懼し、萎縮してしまいかねぬ。それでは恐怖政治だ」

戦乱の世を一日でも早く終わらせるための劇薬としてなら仕方ないが、一応は泰平の世である現代で腐敗した貴族制度を打破するために腰を上げた俺が、恐怖政治を敷くというのはまったくの矛盾だ。まったく俺の好みに合わぬ。それこそ為政者として芸がない。

「なるほど……臣めが浅慮でございました。お許しください」

「詫びる必要はない。意見は俺の好物だ。誤りを恐れず、どんどんよこせ」

それは俺にとって有益以外の何物でもないし、フォルテを育てることにもなる。

まさに一石二鳥。

フォルテも意気込みを見せて、早速思案を巡らせる。

「では刑の厳罰化――あくまで匪賊として罪を働いた者は、このような酷刑に処されるという見せしめとして、より過激な刑罰を下すのは如何でしょうか？」

「ほう、それは悪くない案だ。しかし具体的には？　現行法でも匪賊は死罪と決まっておろう」

「やはり我が君のご助力を賜ることになるのですが……」

「構わぬから申せ」

「御意。でしたら我が君がラーケンにお使いになった、生首のまま百年生き永らせる魔術を、捕縛した匪賊どもにも用いていただくことは叶いましょうか？」

「ははは、なるほどな！」

今度は俺が得心し、膝を叩いた。

斬首に処した罪人の頭を城市にさらし、見せしめにするのは古来ありふれた手法だ。

ただ当の罪人にとっては、自分が死んだ後で遺体がどう扱われようと困りはしないと考える者も多い。だから犯罪者は絶えない。

そこで俺の死霊魔術の出番だ。アンデッド化し、生首のまま自我がある状態で何十年とさらされ、民から石を投げられ続けるのはまさしく地獄であろうよ。

匪賊として一時悪さをした報いが、そんな末路では割に合わぬと思う者も多いに違いない。自然、足を洗うに違いない。

また見せしめという手法の優れたるところは、罪なき者たちにとっては「自分は罪人に石を投げる側」だと自覚させ、安心感を植え付けることにある。真っ当に生きる大切さ、罪を犯すことの愚かさを――過激な手段ではあるが――自ずと民に学ばせることができる。

それでこそ世の人倫は保たれ、治安につながるというわけだな。

「よかろう。東部長官府を陥落させた後、一度西部に立ち寄るとしよう」

「はッ。御足労、痛み入ります。我が君」

進言を容れた俺に、フォルテはわずかに口元をほころばせ、深々と腰を折った。

「やはりフォルテ殿は、カイ様のお眼鏡に適う人材のようでございますわね」

「ああ。わずか二か月前にはスラムの顔役でしかなかった男が、よくやってくれている。大役の経験を積ませるほどに、まだまだ伸びるであろう」

フォルテが辞去した後、レレイシャが入れ替わりに執務室にやってきた。

一仕事終えた俺に、ジェニとともに酒や肴を運んできたのだ。

「ゆくゆくは御身の側近となれるほど、大成すればよいのですけれど」

「そこまではさすがにわからぬ。まあ時間はあるのだ、どうなるか見守ろうではないか」

ちなみに俺が文官を側近に取り立てる基準は、一分野で俺を凌駕することだ。

「東部長官府攻略も、少しゆるりといたしますか？　このレレイシャとブューリィの名所を回って遊ぶ、恋人気分を満喫するのも悪くないと思われますが？」

「たわけたことを」

レレイシャのジョークを、俺は銀杯に軽く口をつけながら笑い飛ばす。

「しかし、そうだな……。できれば明日にでも出立したいところだが……」

いつ東部攻略にとりかかるか、俺はしばし言い淀んだ。

煮え切らない理由はある。

「陛下はきっと騎士ローザのことが、気がかりでいらっしゃるのでしょう？」

配膳が終わるや、まるで護衛の騎士の如く部屋の隅に立ったジェニが、迷いのない口調で俺の胸中を言い当てた。

気の利く奴だ。新参も新参だが、早や俺のことを理解している。

「陛下はあの女の血を、殊の外お気に召したご様子でしたから」

さも堅物ぶった口調と態度で、しかし拗（す）ねる気持ちが覗（のぞ）いてしまうところも愛らしい。

「血の味だけでなく、強情な心根や剣の才も気に入っているがな。できればおまえ同様に、俺の騎士に取り立てたいものだ」

もっと近くに寄るよう、ジェニを手招きしながら俺は言う。

東部長官であったゴラ某（なにがし）は、先の戦いでレレイシャが討ち取った。

残された部下たちは今ごろ混乱の極みにあろう。

ゆえに東部長官府（マシリッサ）を降（くだ）すのは赤子の手をひねるよりも容易（たやす）い。別に俺が手を下さずとも、ジェニに任せて手腕を見るのも一興だ。

ともあれ東も征服すれば、ナスタリア本領の包囲網が完成する。

決着の日は近い。

しかしその時、ローザはナスタリアの騎士として三たび俺の前に立つだろう。

それも主の存亡が懸かった戦いとなれば、死に物狂いとなる公算が高い。

生意気な子猫をあやしてやるようなノリの戦いはもう、あの娘が受け入れないだろう。

だが俺としては、殺す気でローザと戦うのは――惜しい。

「あの娘を俺の軍門に降らせる、何か良い手はないものかな」

調略策が見つかるまでは、東部攻略は別に急ぐ必要はないのではないか。

しかしそれは、俺のただのワガママでしかないか。

しばし黙考していると、ジェニが言った。

「騎士ローザは根がお人好しでだまされやすく、しかもたちの悪いことに根が純粋ゆえに簡単には目を覚ましません」

おいおい、ボロクソだな。

「しかし彼女は真の正義感の持ち主です。折れない強い心も持っております。私も騎士ローザを失うのは惜しいと思います」

と思えば一転、べた褒めだな。

「てっきりおまえたちは不仲なのかと思っていたが？」

「良好とはいえないでしょう。私と騎士ローザはライヴァル同士です。しかし私は、愚にも付かない人物を好敵手と見定めるほど、落ちぶれてはいません」

「なるほど」

よい。よいな。

好敵手と認め、高め合える相手がいることは、素晴らしいことだ。


思い起こすではないか。

実時間にして三百年前の前世を。俺の実感としてはまだ昨日の如(ごと)き日々を。

正直な話をすれば——俺は異母弟(おとうと)であるアル＝シオンのことを、最初から可愛がっていたわけではなかった。

むしろ忌避していた。

眩(まばゆ)いばかりの剣の才と、誰からも愛される屈託のない心根を持って生まれたアルのことを、恐れずにいられなかった。遠からず俺は廃嫡され、王太子の座を弟に奪われるのではないかと疑心暗鬼に囚(とら)われていた。

若気の至りだ。そのころ俺はまだ七歳。幼かった。

しかし剣で万軍を率いる夢を諦め、代わりに魔術で国を振興する道を目指す――己の生き方を選び直すタイミングとしては、まだ充分に間に合うほど早かった。

兄として、王太子として、アルには絶対に負けぬという気概で、俺は帝王学や魔術の研鑽(けんさん)に没頭した。

すると皮肉なことに、アルもまた兄たる俺の背中を見て、自分も努力せねばと奮起したようだった。こっちの気も知らずに憧れ、尊敬していたようだった。

同時に俺もまた、アルを見る目が変わっていった。

研鑽(はしって)しても研鑽(はしって)しても、すぐ後ろをついてくる弟の好ましさに、やがて気づいた。

俺自身が血を吐くような努力をしているからこそ、同じく努力をやめないアルの根性に、才能にあぐらをかかないひたむきさに、深い敬意を覚えた。

これほど切磋琢磨(せっさたくま)できる相手が、弟として生まれてきてくれた僥倖(ぎょうこう)を噛(か)みしめた。

王太子の座を――次の王位を、別にアルにだったら譲ってもよいと心底思えた。

互いの間にあるのが血のつながりだけであることに、満足できなくなったのもそのころだ。

俺たちは兄弟だったが、同時に無二の親友になった。

気まずそうに差し出した兄（おれ）の手を、弟（アル）はひどくうれしそうにとってくれた。

そうして俺たちは大陸を制覇するまで、ずっと一緒に走り続けた。

もしアルがいなかったら、俺はきっと魔術の階梯（かいてい）をここまで上ることも、一代の覇者になること
もなかっただろう。


「――決めた。ローザは必ず俺の騎士にする。ナスタリアとやらとの決着は別に急がん」

俺がそう宣言すると、堅物なジェニが覿面（てきめん）に口元をほころばせた。

「ありがとうございます、陛下。そしてご安心ください。騎士ローザは真の正義感の持ち主だから
こそ、本当に仕えるべき主君がどなたか、いずれ気づくはずです」

エルフの女騎士はそう断言した。

なんとも自信に満ちた顔であった。

「……ひどい目に遭ったわ。……不幸だわ」
もういったい何十度目のため息か、ローザは独りごちた。

元気なし。体に力が入らない。普段のように凛としていられない。

かっぽ、かっぽ、騎馬の歩行に合わせて揺れる鞍上で、少女の体もふにゃふにゃと揺れる。

アーカス州都――同名のアーカス。

その栄えた目抜き通りを、ローザは領主居城へと単騎、ゆっくり向かっていた。

南部長官府ブューリィにて吸血鬼カイ＝レキウスに大敗した、その報告のための登城である。

当然、気が重い。

（あんの憎っくき吸血鬼め！　あたしのこと散々に弄んでくれて！　乙女の純情、なんだと思ってるのよ！）

アーカスまでの移動であれから三日が経つというのに、未だに思い出すだに腹が立つ。

カイ＝レキウスに血を吸われたのは、これで二度目。

めくるめくような快感を、またも躰に覚えさせられてしまった。

ローザはまだ男を知らない生娘だが、カイ＝レキウスの吸血がもたらすあの官能に比べれば、通常の交わりでは及びもつかないだろうことが想像できた。

自分がどれだけ気持ちよくなってしまっていたか、決してカイ＝レキウスに気取られたくなかったのに、声に出てしまった。歯を食いしばっても抑えることができなかった。

今にして思えば、無駄に抵抗する自分の姿は、かえってあの男を面白がらせてしまったかもしれない。「こんなの別に気持ちよくない」とか「あんたヘタクソなんじゃない？」とか憎まれ口を叩くたびに、よけいに強く血を啜り立てられてアンアン啼かされた節がある。

完全にあの男のオモチャではないか！

あまつさえカイ＝レキウスは事後、満足げに言い放ったのだ。

「もしまた俺に血を吸って欲しくなったら、いつでも呼べ。敵味方だの損得だの抜きに、吸いにいってやろう」

などと横柄に！

もちろんローザは即反論した。

「何が損得抜きよ！　あんたが吸いたいだけでしょう⁉」

「それは否定せんが、この俺がわざわざ足を運んでやるなど相当のことなのだぞ？　三百年前なら俺の御幸を賜った光栄で失神者続出だったのだぞ？」

聞いてローザは失笑した。

三百年前ウンヌンの戯言も噴飯物だが、

「第一、呼べだなんて軽々しく言ってくれるけどバカじゃないの？　どーやってよ！　あたしにしおらしくあんたへのお手紙でも書けっての？」

「手段ならば案ずるに及ばん。こたびでおまえの血はけっこうな量をもらったからな。俺たちは既に霊的な縁で強く結びついている。ゆえにおまえが心のうちで俺を望み、また俺がその想いに応えた時、千里を超えて瞬時におまえの元を訪れることが可能なのだ」

「吸血鬼ってやつは本当にデタラメね！」

「真祖たる俺は特にな」

「ハッ、いーわよ。わかったわよ。一万くらいの軍隊に包囲させて何重もの罠（わな）を用意してから、手ぐすね引いてあんたを呼び出してあげるから、覚悟してなさいな！」

「おお恐（こわ）い、恐い。おまえの呼びかけに応える時は、俺も少し慎重になるとしよう」

「メッチャ警戒しなさいよナメてんのあたしのこと⁉」

――という屈辱のやりとりが、別れ際にあったのだ。

（まったくジェニの気が知れないわ！　名君であらせられるナターリャ様を裏切ったばかりか、あんな変態吸血野郎の軍門に降るだなんて！　目が節穴にもほどがあるわね！　今まであんなエルフをライヴァルだと思ってた、あたしまで馬鹿みたいじゃないの！）

胸中ブツクサ言いながら、ローザは領主居城の正門を通過する。

そして気持ちを切り替えて、鞍上（くら）でピッと背筋を正す。

彼女は一流の騎士なのだ。けじめのなんたるかは知っていた。


ナスタリア伯ナターリャは今回もまた、公的な謁見の間ではなく私的な彼女の居間での面会を約束してくれていた。

おめおめと生き恥をさらすローザへの、配慮と慈悲であろうことは間違いなかった。

やはり真の仁君とはナターリャのことをいうのだ！

主君への尊崇の念を新たにしながら、ローザは足早に廊下を進む。

既に城の奥深く、歴代領主のプライベートゾーンに差しかかっている。

日勤している武官や文官たちの姿が一気になくなり、廊下を掃除する女官たちもナターリャが特に目をかける者たちばかりになる。

本来は彼女らの案内なしに、家臣が一人でこの辺りを歩くことは許されないのだが、ローザは特別に例外とされていた。それだけの信頼をナターリャから得ていた。

また本来は帯剣しての面会など以ての外なのだが、ローザはこれも特別に認められている。ナターリャの度量と勇敢の証左であり、またローザが如何に先祖伝来のブライネを誇りとしているか、騎士の魂を汲んでくれてのことに違いなかった。

そして、ナターリャの居室まであと少しというところで——

通路は回廊に変わり、中庭へと到着した。

庭にはこじんまりとしたものだが温室が設えられており、ナターリャが丹精込めて薔薇を育てていることをローザは知っていた。

主君を訪ねる前に、その温室へ立ち寄った。

理由はある。カイ=レキウスらとの戦い（と無念の吸血）の後、去り際にジェニにも声をかけられていたのだ。

曰く、

「あなたにお願いがある、騎士ローザ。あなたはこの戦の顛末を、ナスタリアへ報告に上がるのだろう？　その時、あの女が育てている温室の薔薇を一輪、摘んで届けて欲しいのだ」

「ハァ？　なんであたしが裏切り者のオネガイを聞いてあげなきゃいけないわけ？」

「これはあなたへの挑発でもある。もしあなたのナスタリアに対する忠誠心が本物なら、薔薇を届けるんだ。しかしその自信がないなら、別に無視すればいい。私はあなたの気持ちがその程度のものかと、一生笑い続けるだけだ」

「いいわよ！　そこまで言うなら乗ってあげようじゃない！　その代わりあたしが薔薇を届けたら、次に戦場で会う時にあんたはあたしに謝罪なさいよ⁉」

「承知した。エルフの誇りに誓って、地に額づいて詫びよう」

「その時が今から楽しみね！」

「いいか、ちゃんと剪定鋏（せんていばさみ）で摘むんだぞ？　温室の納屋にある。あなたはガサツだからその剣で手折らないかと心配だ」

「よけいなお世話よ！　いくらあたしでもそこまで非常識じゃないわよ！」

――という屈辱のやりとりがあったのだ。

（ほんとエルフの言うことはワケワカンナイわ！　でもあたしのナターリャ様への想いを、あの不忠者に思い知らせてやるわ！）

真の名君に仕え、万人に誇れる騎士となるのが、ローザの幼いころからの夢だった。

今、自分はナターリャと巡り合えたおかげで、その夢を現実のものとしている。

逆にジェニは素性も知れぬ吸血鬼を主と仰いだ。

次に戦場で会った時は、謝罪させるとともにそのことを笑ってやろう。

ローザは心に決め、鼻息荒く温室に踏み込む。

血のように赤く、妖しいばかりに咲き乱れる薔薇には目もくれず、納屋に入る。

中には花壇を管理するための器具や道具が、整然と棚に収められている。

(鋏、鋏……)

どこに仕舞ってあるのか、棚という棚を探す。

その最中だった。

レレイシャの不可視の糸さえ断つほど鋭敏な彼女の感覚が、奇妙な音を捉えたのは。

より正確には声だった。年端もいかぬ娘たちが大勢、啜り泣くような声。

それが足元から聞こえてくる……。

「なによなによ……吸血鬼の次は幽霊でも出るっての……?」

ローザは薄気味悪くて仕方なかったが、主君が大切にしている温室にアンデッドが出没するというなら、これは一大事。

調査する必要を覚えて、腰を屈めて声の出所を探す。

そして、見つけた。

地下へと続く階段を。床に蓋されていたのを。

「貯蔵庫か何かかしら……ね」

ますます気味の悪さを覚えつつも、持ち前の責任感からローザは地下へと下りていく。

すると一層はっきり、娘たちの啜り泣く声が聞こえてくる。

生唾を呑み込みながら、階下へたどり着くローザ。

灯りには困らなかった。

果たして常時か、松明がいくつも点されていた。

真横からも照らされ、ローザの影が石畳の上にひどく伸びた。

同時に、意外なほど広々とした地下室の様子が一望できた。


石牢であった。


数えきれないほどの少女たちが囚われ、鎖で壁につながれていた。

皆、生気を失った顔をしていた。

その目はもう、絶望しか見ていなかった。

ローザが来ても無反応で、誰もがただ悲嘆に暮れて啜り泣くままだった。

「こ、これはどういうこと⁉」

「いけない子ね、ローザ。わたくしの秘密を勝手に覗くなんて」

思わず叫んだ独白に、期せずして返事があった。

不意打ちに、ローザは跳ね退くように後ろを振り返る。

そこにいたのは――敬愛する主君、ナスタリア伯ナターリヤその人であった。

ローザは仰天して訊(たず)ねる。

「ナターリャ様！　今のはいったいどういう意味ですか⁉　この囚われた娘たちは⁉」

「わたくしがアーカス中から、十四歳になる貧しい少女を集めているのは知っているわよね？」

ナターリャはすぐに答えてくれた。ローザも通ってきた階段を、ゆっくりと下りながら。

その一歩一歩、一段一段ごとに、ローザはまるで追い詰められているような圧迫感を覚えた。

喘(あえ)ぐように質問を重ねた。

「よ、よく存じています……。しかし、それは少女らが食うに困って体を売ったり、犯罪に走ったりするのを防ぐためでは？　ちゃんと教育を与えて、然(しか)るべき仕事を与えるためでは？」

「もちろん、それもやっているわ。でも、本当にお気に入りの娘たちは、誰にも渡さないの。ここにずっと閉じ込めて、毎日愛(め)でてあげるの」

「は……？」

「綺麗(きれい)な娘の血を好むのは、何も吸血鬼だけではないのよ？」

ナターリャは艶然と笑った。

凄絶なまでに美しく――同時に、どこかおぞましい笑顔であった。

「ど、どういうことですか、ナターリャ様⁉　はっきりと仰(おっしゃ)ってください！」

「言わなければわからないの、ローザ？　それとも理解はしたけれど、認めたくはないの？」

ナターリャは意地悪を通り越して、悪辣にほくそ笑んだ。紅で真っ赤な口元を吊(つ)り上げた。

また同時にその場でタタンと足踏みをし、石畳を鳴らした。

それは「反閇（へんばい）」という魔術の起動式だった。

騎士にすぎないローザも、今では知っていた。

対魔術師（カイ＝レキウス）のために、他ならぬこのナターリャから魔術のイロハを教わった時に仕入れた知識だ。

そして、ナターリャの魔術が発動する。

優美そのものの彼女の姿かたちが、変貌していく。

胴より上はそのまま、しかし下半身が縦に縦に際限なく伸びていく。

天井スレスレまで上昇していくナターリャの顔を追って、啞然（あぜん）となったローザの視線もまた徐々に上がっていく。

ナターリャの変身が完了した。

あるいは、正体を現した。

彼女の胴から下は、巨大な大蛇のそれに変わり果てていた。

口から覗く舌もまた蛇のそれで、先端が二又にわかれていた。


「ら、蛇女（ラミアー）……」


ローザは愕然（がくぜん）となって呟（つぶや）く。

まさか敬愛するナスタリア伯の正体が、栄えある帝国貴族の本性が、こんなバケモノだったとは！

ラミアーとは人の生き血を啜って糧とする、半人半蛇の妖魔である。

「ローザ、この役立たずちゃん？　ジェニがわたくしを裏切るのを、みすみす許したそうね？　本当に嫌になること！　あの三百年生きたエルフが降るということは、相手が本物の――史上最強の大魔術師(カイ＝レキウス)その人だという証左。あなた如きの剣が通じる理屈など土台なかった。つまり騎士としてのあなたはもう用済み」

天井スレスレの高みから、ナターリャが嘲弄する。

「でもそれでも、あなたがわたくしのお気に入りであることは変わらないわ？　いつかあなたの血を啜る日をわたくしは楽しみにしていたのよ！」

二叉にわかれたそれで、ちろちろと舌舐めずりする。

ローザはまさしく蛇にらまれた蛙(かえる)のように固まったまま、ジェニの言葉を思い返していた。

――家畜を大切に育てるのを、あなたは仁愛と呼ぶのか？

――どう扱おうとも所詮、家畜の末路は同じだ。貪り、喰(く)らうだけだ。

――ナスタリアはせっかくなら美味いものを食べたくて、手間をかける主義だというにすぎん。

ジェニの言うことが正しかったのだ。

嗚呼(ああ)、自分はなんと愚かな小娘であったのだろう！

ジェニは真実を知っていたのだ。

こんなバケモノの甘言に、今までずっと誑(たぶら)かされていたとは！

「絶対に許さない！　これ以上、あの子たちを犠牲にさせない！」

いつものように、不幸だなどと嘆いている場合ではない。

ローザはもはや躊躇なく腰の物を抜いた。

己の正義感に従い、ナターリャと決別する道を選んだ。

ブライネの刀身に紅蓮の炎を纏わせ、斬りかかった。

「本当に可愛らしい子！　そんなナマクラが、わたくしに通じるわけがないというのに」

ナターリャは嘲弄しつつ左右の指を複雑に「結印」した。

途端、蛇女の影が蠢いた。

それも一つや二つではない。周囲の松明に照らされ、床に伸びていたナターリャのたくさんの影が、一斉に踊るように立ち上がった。

ローザは知らなかったが、虚構魔術系統の第五階梯、《影法師》の仕業だった！

ナターリャ自身に代わって、踊るように襲い来る無数の影たち。

「邪魔よ！」

ローザは端から斬り払おうとして――できない。

影という虚構の存在を、いくら斬っても手応えは皆無。断つことは不能。

にもかかわらず、ナターリャの影どもがじゃれつくように伸ばしてきた闇色の手は、ローザの四肢をしっかりと捕らえ、拘束した。

「は、放しなさいよ！」

ローザは暴れて振り払おうとして――やはりできない。

影どもの膂力(りょりょく)が凄(すさ)まじいというよりは、押しても引いても一切手応えがなく、しかしローザは身動きが取れないままという気色の悪い状況に陥っていた。

魔術というものの恐ろしさ、たちの悪さを味わわされていた。

しかも、これまた謀られたという話。ローザが剣を帯びたまま面会するのをナターリャが許していたのは、信頼でも度量でも騎士の魂を汲んでのことでもなかったのだ。ローザの剣など歯牙にもかけていないから、好きにさせていただけにすぎなかったのだ。

「フフフ。観念してわたくしに血を捧(ささ)げなさいな。それがあなたの最後の忠義、最後の奉公よ」

ナターリャが戯言とともに迫ってくる。

長い長い体長を持つ蛇女(ラミアー)は、腰を屈めただけで彼我の距離を詰めてくる。

「処女(おとめ)の血は格別だけれど、中でも純潔無比な気性のあなたの血は、きっとどんな銘酒にも勝ることでしょう！」

二又の舌を舐めずりながら、ナターリャの顔がローザの首筋へと伸びる。

二本の牙が突き立てられ、鋭い痛みにローザは顔を歪(ゆが)める。

血を啜られる不快感に、顔を背けて耐える。

そう、蛇女(ナターリャ)による吸血は、ただひたすらに不快極まりなかった。

カイ＝レキウスからもたらされた、あのめくるめく体験とは大違いだった。

そして――異変を覚えたのはナターリャも同様となった。

「ま、不味いぃぃ……！」

ローザの首筋から口を離したナターリャが、思わずといった様子で顔を背け、鮮血で汚れた口元を拭う。

「勝手に啜っておいて不味いはないでしょうが！」

ローザは屈辱に震えながら抗議する。

彼女もナターリャも知らない。ヴァンパイアの中でも特別な存在であるカイ＝レキウスに吸血され、霊的な縁で強く結びつけられたローザの血は、もはやカイ＝レキウス以外の者にとっては「純潔」とはいえない霊的性質を帯びていたのである。

魔術師たるナターリャは、いち早くその可能性に思い至った。

「売女め！　よくもこんな不味いものを飲ませてくれたな！」

怒り狂った蛇女(ラミアー)は、激情のままに右腕を振るう。

刃物の如く伸びた五本の爪がローザの腹を掻(か)っ捌(さば)き、抉(えぐ)る。

いいい、致命傷だ。

同時に凄まじい衝撃で後方へ――黴(かび)まみれの石壁へと叩きつけられるローザ。

おかげで影法師どもの拘束から解放されていたが、しかしこの傷ではもう立ち上がることもできなかった。

「楽に死ねると思うなよ、ローザ！　生皮剥いで飾ってあげるわ！」

ナターリャの怒声を聞きながら、壁に叩きつけられた背中がずるずると石畳へ沈んでいく。

（悔しい……っ）
ローザは涙を堪え、歯軋りした。
ナターリャに体よくだまされていたことが悔しかった。
ジェニの方がよほどに真実を見通す目を持っていたことが悔しかった。
（悔しい……！）
堪えても涙はあふれ、頬を伝った。
正義を為せず、囚われた少女たちを助けることもできない、己の無力さが悔しかった。
無念のまま自分はここで死ぬのかと思うと、悔しくてならなかった。
だから、

「約束、守ってよね……!!」

最後の力を振り絞るようにローザは叫んだ。
心の底から叫び、彼を求めた。
途端――

ククク。

ハハハハハ。

ハハハハハハハハハハハハハ！

哄笑が石牢に響き渡る。

ローザのよく知る笑い声だ。

ムカつくほどに憎らしく、いっそ羨むほどに堂々とした王者の笑声。

「何奴⁉」

と、ナターリャが鋭く誰何した。

「下郎。誰にものを訊いている？」

と、声が不快げに切って捨てた。

同時に石畳に伸びたローザの影から、何か黒いものが大量に噴き出てくる。

蝙蝠だ。

無数の蝙蝠の群れだ。

それらが寄り集まり、溶け合うようにして、一つの影を形作る。

吸血鬼の真祖。

カイ＝レキウス……！

俺――カイ＝レキウスはローザの招きに応え、彼女の元に顕現した。

薄暗い石牢。黴まみれの壁際。背を預けたまま立ち上がることもできない、死に体の女騎士。

「随分と派手にやられたな？　助けが要るか？」

俺は上体を屈め、今わの際のローザへ揶揄（やゆ）するように問う。

「……要ら……ない」

どこまでも強情な少女は、息も絶え絶えに答えた。

驚きはない。俺も半ば予想ついていた。にもかかわらず敢えて、重ねて問う。

「ならば、なぜ俺を呼んだ？」

「……力が……欲しいの。……どんな正義も為せる……強い力、が」

夥（おびただ）しい血を腹から溢（あふ）れさせながら、しかし、ローザの目は死んではいなかった。


良い。とても良い！

それでこそ俺の最初の眷属（けんぞく）に相応（ふさわ）しい！


俺は人差し指の腹に魔力を走らせる。

それだけで皮膚が裂け、血の珠（たま）が浮かぶ。

「欲しいか？」

「……欲しい」

少女は求めた。だから俺は与えた。

代償は俺の眷属となること。ローザもその意味をちゃんと理解している。

つまりは契約(ちぎり)だ。

俺の指先から滴った血を、彼女は口を開けて受け入れ、舐めとった。

それで真祖(おれ)の霊力が、ローザのそれと交わり、一つとなり――爆発する。

「おお……っ」

と思わず俺は興奮した。このカイ＝レキウスがだ。

俺が見守る元で、ローザが人間(ローザ)でなくなっていく。

超越種(ヴァンパイア)への転生が始まる。

凄まじい速さで少女の全身が作り替えられていき、腹の致命傷もみるみる塞がる。

吸血鬼の不死性を獲得した証左だ。

自分の時には観測できなかった事象を――ある種の奇跡を、目の当たりにする喜びに俺は奮える！

「あああああああああああああああああああああああ！」

ローザは咆哮(ほうこう)とともに立ち上がった。

それが俺の初めての眷属の産声だった。

己の血にまみれながらも、凛々(りり)しく、美しく、敢然と蛇女(ラミアー)へ立ち向かっていく。

携えた虹焔剣(ブライネ)が、刀身から火を噴く。

その色は赤から青へ、そして青から白へと変わっていく。

人間ではなくなったローザの、人間ではあり得ざるほどの莫大な霊力が、あますことなく注がれることで俺が鍛えた大業物の真価を引き出したのだ。

初代アルベルトでも日に一刹那しか使用できなかった「白炎」を、その裔たる少女が常用せしめたのだ。

「今度こそ覚悟なさい、ナターリャ！」

刀身皓々たるブライネを振り上げ、斬りかかるローザ。

「今さら何をあがくつもりかと笑って見ていれば、借り物の力で調子に乗るでないわ！」

虚構魔術系統の第五階梯により無数の影法師を放ち、迎え撃つ蛇女。

その口汚い挑発に、揶揄ともいえぬ悪罵に、しかしローザの心は凛と揺るがなかった。

「借り物でもなんでも、あの娘たちを助けるのが大事でしょうがっ!!」

正義の何たるかを――その本質は決して見誤らなかった。

十重二十重と迫り来る《影法師》の魔手を、次々と斬り払っていく。

白炎を噴き、真価を発揮したブライネならばそれができる。より強い霊力で影すら焼き払う。

そして、正義の刃は蛇女に届く。

「ギアアアアアアアアアアアアッッッ」

肩口から斜めに斬られ、蛇女が苦悶で絶叫した。

「う……うう……」

斬られた上、白炎により焼け爛れた傷口を押さえ、うずくまる蛇女。

ローザが油断なくブライネを構えたまま、語気鋭く勧告する。

「観念なさい、ナターリャ！　罪なき少女を犠牲にしてきたあんたのことは許せない！　でもあんたが一面では善政を敷いていたのも事実よ！　だからあんたが心を入れ替えて、これからは罪を償って生きると約束するなら、命までとる気はないわ！」

「――だ、そうだぞ？　ローザの優しさに泣いて感謝することだな、ナターリャとやら」

俺なら絶対に容赦しないが、まあこの場はローザが仕切るのが筋というもの。

この甘さもまたローザらしい。好ましいと思うし、尊重してやりたい。

後からしゃしゃり出て、説教をくれるなどと野暮はしない。

果たしてナターリャは応とも否とも答えなかった。

うずくまったまま、しばしローザを憎々しげに睨んだ後、今度は俺へと目を向ける。

「御身が吸血鬼――否、ヴァスタラスク建国の真君・カイ＝レキウスでいらっしゃるか」

「クク。建国を邪魔した、邪神ではなかったのかな？」

「それは歪曲された歴史にございます」

答えるナターリャの口調には、どこか俺への敬意のようなものが見られた。

俺へと向ける眼差しからも。

「わたくしは……いえ、ナスタリアの血筋の者は皆、御身に大いなる敬意を払ってございます」

「ほう？」

「我が家に伝わる御恩の記憶でございます。御身は万民平等の理想を唱え、恐るべき政治力とカリスマで実現なされた。バケモノと蔑まれた我らラミアーであろうと才覚があれば取り立てられ、実力に見合う地位を与えられた。それが、我らナスタリアの母祖にございます。我が伯爵家が今日あるのも、全てあなた様が大陸統一をなされたからこそ」

「すまぬが、貴様の祖先に心当たりはないな」

ラミアーを重く用いた記憶がない。

別に種族差別をしたわけではなく、それだけの能力を持ったラミアーが当時はいなかった。

「それも当然のことかと。ナスタリアの母祖は実力的に、御身の魔術師団の末席に名を連ねるのが限界でございましたゆえ。それでも当時のラミアーの扱いとしては、破格の待遇を頂戴いたしました」

ナターリャが最敬礼を以って一度、頭を垂れる。

「お蔭様を持ちまして、ご主君の視界の端に一応は留まることのできる立場を得られたのでございます。それから代が進み、カリス帝の御代において、当時のナスタリアが陛下の寵愛を戴き、閨房にて伯爵の地位を勝ち取ることができましたのも、全てカイ＝レキウス王の御代に礎を築けたればこそでございます」

「カリスとやら、どこまでも度し難い男よ！　娼婦を爵位で買ったか！」

「しかし、おかげで当家は代々の栄華を享受できておりますゆえ、なんとでも仰られますよう。そして我らナスタリアの女は、御身とカリス帝に等しく御恩と敬意を抱いている——そういう事情にございます」

「俺と愚昧を同列に並べるか。不愉快だな」

これほどの侮辱はそうはない。

吐き捨てずにいられない。

「わたくしは、本当に遺憾にございまする」

一方、ナターリャは嘆かわしげに首を振った。

「あなた様には土の下で永久に、安らかにお眠りいただきたかった。あなた様の記録が歴史から抹消されても、我らナスタリアは決して忘れなかった。いつまでも崇め奉っていた。なのに——」

ナターリャはそこで言葉を一旦切り、そして髪を振り乱して叫んだ。

「——なぜ、この時代に蘇ってしまわれたのですか⁉　御身はもうこの帝国に必要のない御方！　はっきり、邪魔な御方！　今のあなた様は建国の真君ではない！　過去の亡霊にすぎない！」

俺は悪びれずに答えた。

「亡霊か、面白いことを言う。確かにそうだ。俺は、貴様らにとっての悪霊だ。今こそ邪神カイ＝レキウスとなって、貴様らの帝国を滅ぼしてやろう」

「そんなことは許されませぬ！」

「では、なんとする？　貴様の手で今、この俺を討つかね？」

我が騎士にさえ力及ばぬ、拙劣な魔術師の貴様が？

「あはは、ご冗談を！　わたくしとて分際はわきまえておりまする。あなた様がどれほど偉大な魔術師であったか、我がナスタリアには連綿と伝わっておりまする」

ナターリャはそう言うと、懐から何かを取り出した。

「御身ら地獄の乱世を生き抜いた英雄方に比べれば、わたくしは無力。そしてかつてのカリス帝もまた無力な御方でした！　しかし御身が建てたヴァスタラスクは、決して無力ではございませぬ！　それを誇りにおぼしめし、同時に思い知られるがよろしかろう！　ヴァスタラスクを千年王国となさしむる、護国の秘術をご覧あそばせ！」

金切り声でわめきながら、ナターリャはその何かを宙へと放る。

骨だ。

約二〇六あると言われる、人骨の一つだ。

そして、ナターリャは殷々（いんいん）と呪文を「詠唱」した。

「帝国に仇（あだ）為す者が現れり！　『世界の敵』が現れり！　ヴァスタラスクの守護神よ、我らをお救いください！　慈悲を賜りください！　今ここに降臨し、帝国の敵を討滅されませい！」

たちまち人骨が閃光（せんこう）を放ち、変化するが如く何者かが顕現した。


……そうか。

そうくるか……。

確かにこいつなら、この俺をも殺し得る。

凄まじい霊力を帯びた、白銀の甲冑をまといし戦士。

その手には同等の〝格〟を持つ、魔神殺しの大剣。

その甲冑を、俺は忘れたことがなかった。

その大剣を、俺は忘れたことがなかった。

前者を「神鎧ヴェルサリウス」といい、後者の銘を「聖剣ケーニヒス」という。

どちらも——かつて俺が鍛えた「最高傑作」だ。

我が弟にして後継者アル＝シオンのために、練造魔術の粋を集め、造り上げたものだ。

ゆえに——

今、降臨し、顕現し、俺に向かって剣を構えたこの戦士は、アル本人なのだろう。

腐り果てたヴァスタラスクの大貴族どもを守護するため、その魂が、護国の精神だけが、一つの「術式」となって死後も戦い続けているのだろう。

この骨はアルの遺物で、約二〇六ある骨の一つ一つが残っている限り、未来永劫、戦わされるのだろう。

「……我が最愛の弟の魂を縛り、護国の鬼に祀り上げたか」

俺の胸中で、にわかに激情が燃え盛った。

「……俺が唯一敬愛するアルの、魂を貶め、貴様ら風情が使役するか」

この心情の名を、貴様らは知っているか？

「……カリスとやら……帝国とやら……貴族とやら……。貴様らは、己が何をやったか、理解できているのか？」

後悔するがいい。

この俺を――カイ＝レキウスを怒らせたことを。

ナターリャが賢しらに叫ぶ。

「カイ＝レキウス陛下！　どうぞ弟君の手にかかり、安らかにお眠りくださいませ！　今度こそ永遠に！　さすれば我がナスタリアは御身の墓を未来永劫、お祀り申し上げまする。たとえ御身の名が歴史から忘れさられようとも、我らナスタリアは子々孫々、御身の偉業を語り継いで参ります。誓って、そのようにいたしまする！」

さも忠義面をして、もっともらしいことを並べ立てる。

「囀るな」

俺は独特の拍子で素早く爪先を四度鳴らし、真一文字に一度「刀印」を切る。

途端、ナターリャの口角が裂け、口腔が上下にカパと割れる。

呪詛(じゅそ)魔術系統の第五階梯、《斬呪(ガブラス)》だ。

「貴様の相手は後だ」

血塗(ちまみ)れの口元を押さえてうめくナターリャをもう無視し、俺は強敵との戦いに備える。

そう、強敵だ。

この俺が「戦って必ず勝てるという確信」を、ついに最後まで得られなかった男——

天才的な戦士アル＝シオンが、俺が鍛えた最高の武具を装備し、超高階梯の魔術儀式によって護国の戦神(エターナル・チャンピオン)と化し、俺の前に立っているのだ。

これを強敵と言わずして、なんと言う？

「…………………」

そのアルが魔神殺しの大剣を両手に構え、無言で突進してくる。

俺は有無を言わさずローザを抱き寄せると、素早く口中で呪文を唱える。

「世に退避に勝る守りなし」

基礎魔術系統の第六階梯、《瞬避(スレイン)》。

ごく短距離ながら、瞬間移動の奇跡を体現する魔術だ。

それを用いて俺はアルの初撃を回避すると同時に、地下牢を脱出。

あの狭い場所で最強戦士と戦うのは、あまりに無謀というものだった。

壁につながれた娘たちを巻き込むのも、非常に芸がないしな。

同様に俺の最初の眷属となった大切な娘も、巻き込むわけにはいかない。

「逃げろ、ローザ。少しでも遠くに」

「えっ……？　ええっ!?」

「二度は言わんぞ？」

地上の温室へと瞬間移動した俺は、混乱するローザを突き飛ばし、間断なく《天翔（セイクー）》を行使。

温室の屋根を《爆炎（イーズ）》で破壊し、遥（はる）か上空へと一気に翔（か）け上がる。

その間にもアルは遮二無二、俺を追いかけてきた。

温室から突如、巨大な光の柱が立ち昇ったかと思うと、地下牢の天井を貫いて地上に出現し、さらに上空にいる俺へと目がけ高速で飛来してくる。

生前のアルは、独力での飛行手段など持ってはいなかった。

しかし、帝国の守護神と祀り上げられたことで、生前にはなかった様々な権能を獲得したのだろう。

この飛行能力もうちの一つというわけだ。

「…………………！」

アルは再び無言で、そして愚直なまでに真っ直ぐ、剣を構えて突進してくる。

対し、俺は矢継ぎ早に両手を複雑な形に組み合わせ、「結印」。

虚構魔術系統の第四階梯、《影網（シャルプ）》を連発して、アルの突進を阻もうとする。

影でできた漆黒の網がアルの行く手を阻むように、幾重にも広がって絡めとろうとする。

が――アルはそれら影の網を、次から次へと斬り捨てていった。

本来、鋼鉄（つるぎ）では斬ることのできぬ虚構（かげ）をだ。

それも当然、アルが持つ「聖剣ケーニヒス」は、万物の霊力そのものを断つことのできる、破邪の剣。

戦乱の世において、対立する大召喚術師がその命と引き換えに顕現させた、夢幻世界の魔神王を討ちとるために俺が鍛えた最高傑作。

大業物(ブライネ)にさえできることが、ケーニヒスにできない道理などない。

ゆえに俺の《影網(シャルプ)》はわずかな障害にしかならず、アルはほとんど突進速度を落とさぬまま迫り来る。


逆に言えば——わずかには突進速度を落とすことに成功したということだ。

そして俺は比較的長い呪文の「詠唱」を、誰にも真似できぬ速度で完成させることができる。

両手で結印を繰り返しながら、俺は口頭で詠唱する。

《影網(シャルプ)》はあくまで時間稼ぎ——

「風霊界より来たれ、白の王。我が眼前の敵を疾(と)く討つべし」

——俺は召喚魔術系統の第八階梯を用い、風霊界(フレスベルグ)の王を招来する。

そして、アルに正面からぶつけ合わせる。

聖剣を構えた白の騎士と全身が暴風でできた怪鳥が、たちまち中空で斬り結んだ。

武術の粋を駆使し、フレスベルグを斬り刻まんとするアル。

暴風の翼とくちばしで、アルを打ち据えんとするフレスベルグ。

どちらの猛攻も熾烈(しれつ)を極めたが——軍配はアルに上がった。

これも当然、我が弟が纏う重甲冑は、物理攻撃のみならず「着用者を害する」ありとあらゆる概念そのものを遮断する、「神鎧ヴェルサリウス」だからだ。

フレスベルグはさすが風霊界の王の意地を見せ、その破格の霊力を発揮し、アルの鎧に多少の瑕は刻んでみせた。

しかし、それが限界。

逆にアルの剣撃は確実にフレスベルグの霊力を削り取り、ついには消滅させてしまう。

完勝だ。

が——それでよい。

フレスベルグでさえもまた時間稼ぎにすぎないからだ。

これは、俺とアルの戦いだ。

三百年前の、戦乱の世の、あの狂った時代の死闘の再現だ。

ゆえに俺も——最初から全力だ。

「東方に炎獄あり。名を黒縄というなり」

俺は稼いだ時間で霊力を練り上げ、呪文を詠唱し、突き出した右手をアルへと向ける。

そこから漆黒の炎でできた砲弾を連発し、フレスベルグを斬り捨てたアルが再び俺へと突進してくるのを阻む。

四大系統と呪詛系統を複合させた、第十階梯の高等魔術だ。

名を、《連弾黒縄獄炎波(グラッドサラロス)》。

　さしもの「神鎧(ヴェルサリウス)」に守られたアルでさえこの重爆撃には怯(ひる)み、防戦一方になる。

　ただし無論――第十階梯であろうと、アルを倒しきれるとは俺も楽観していない。

《連弾黒縄獄炎波(グラッドサラロス)》で攻め立てている間にも、俺は次の魔術を用意している。

　そう、複合魔術の第十階梯でさえ時間稼ぎに使ったのみだ。

「アブダラの夢幻。テセリアの胡蝶(こちょう)。ヘルマイム砂漠の楼閣よ」

　新たな呪文を唱え終ると同時に、今度は突き出した左手をアルへと向ける。

　――その瞬間、俺の眼前にアルが忽然(こつぜん)と現れた。

　ごく基本的な武術の、《瞬突(ハガン)》だ。

……懐かしい。

　アルはこの基礎を徹底的に究め、奥義と呼べる域にまで昇華させた。

　その突進速度はほとんど空間転移と見紛うレベルで、吸血鬼の真祖(トゥルーブラッド)に転生した今の俺の動体視力を以ってしても見切ることはできないほどだった。

《連弾黒縄獄炎波(グラッドサラロス)》の弾幕を掻(か)い潜(くぐ)ると同時に、一瞬で俺に肉薄せしめたアルは、無言無慈悲に聖剣(ケーニヒス)を振るう。

　突き出した俺の、左腕を斬って落とす。

　これが並の剣であれば、真祖の肉体を傷つけたところですぐに再生してしまうだけ。

しかし魔神王殺しの聖剣で斬られた俺の肘から先は、いっかな復元する気配はない。

護国の神に祀り上げられた今のアルに、まともな感情があるとは思えないが――まずは腕一本、してやったりというところか？


クク、かかったな。


俺は口角を吊り上げた。

アルの戦術的意図は手にとるようにわかった。

というか誘導した。

俺が先に《連弾黒縄獄炎波（グラッドサラロス）》を右手から放ち、新たに左手を突き出したので、次の術を防ぐ意味もあって左手を斬り落としたのだろう？

しかしこの左手はフェイクだ。これもまた時間稼ぎだ。

俺の次の魔術に必要な式は「詠唱」と――「短嘯（たんしょう）」。

鋭く口笛を吹くと、俺はその吐息を至近距離からアルの面当てに吹きかけてやった。

そして――

伯爵家居城の上空で、まるで神代(かみよ)の如き次元違いの戦いが繰り広げられている。

雲一つない今日の青空がまた、二人の怪物の凄まじい戦いぶりを一層、映えて見せる。

ローザはそれを中庭の廂(ひさし)の陰から、ポカンとなって見上げていた。

カイ＝レキウスには少しでも遠くへ逃げろと言われていたが、そんな気は失せていた。

この戦いを見届けないと、目に焼きつけないと、後悔する。

一人の騎士――否、戦士としての本能がそう告げていたのだ。

「……でもこれ、どっちが押してるのかしら？」

吸血鬼の真祖と護国の武神。

二人の戦いぶりがローザの常識とあまりに隔絶していて、戦いの趨勢(すうせい)すらよくわからない。

誰に問いかけたわけでもない自問の類であったが、

「史上最高の魔術師(カイ＝レキウスさま)と史上最高の戦士(アル＝シオンさま)――もし二人が雌雄を決したら最後に立っているのは果たしてどちらかという議論は、三百年前に盛んに行われていました」

と期せずして返事があった。

絶世の美女(レレイシャ)が天馬(ペガサス)を見事に駆って、バッサバッサとローザの隣、中庭に降り立ったのだ。

鞍上にはジェニの姿もあり――初めての空の旅がよほど恐ろしかったのだろう――赤子のようにレレイシャの背中にしがみつき、震え上がっていた。

「結局は『戦士に有利な状況ならば、最高戦士が勝つ』『魔術師が有利な状況ならば、最高魔術師が勝つ』という、ごく当たり前の論が優勢でした」

レレイシャは「そして我が君は己が有利な状況を作ることにかけて、右に出る者のないお方ですが」と得意げに付け足す。

「じゃあ今もカイ＝レキウス有利ってこと？　それとも有利な状況を作りつつあるってこと？」と。

そんな話をレレイシャとしている間にも、カイ＝レキウスは左腕を斬り落とされてしまう。

しかもだ。どうせすぐに再生するのだろうとタカをくくっていたら、まるでその気配がない。

「陛下っ」

「何やってんのよ、あんたぁ！」

ローザは思わずジェニと一緒になって、悲鳴を漏らしてしまう。

一人、レレイシャだけがツンと澄まし顔で、

「無論のこと、我が君の有利は火を見るよりも明らかかと」

「嘘(うそ)でしょ⁉　どこがっ⁉」

ローザは耳を疑った。

「恋は盲目」ということわざがあるが、レレイシャは「忠義は盲目」状態なのではなかろうか。

実際、左手を断たれた後のカイ＝レキウスは、防戦一方だった。

空を雄々しく翔け回っているといえば聞こえはいいが、要するに護国の武神から逃げ回っているだけだ。

「これが有利ですって？」

「一般に魔術は武術よりも強力ですが、準備に時間がかかります」

レレイシャはやはりちっとも動じることなく、きっぱりと言ってのけた。

「ゆえに魔術師が戦士と対峙した場合、如何に時間稼ぎをするかが肝要となります」

「そんなことはわかっている、レレイシャ殿！　そこの赤毛の猪武者と違い、私だって魔術師の端くれだ！」

「あんたケンカ売ってんのジェニ⁉」

ローザの抗議を、ジェニは無視してレレイシャに食いかかる。

「しかし、あれは時間稼ぎになっているのか⁉　陛下は窮地に陥っているのではないか⁉」

「あらあら、なんという見当違いですこと。むしろ、さすがは我が君という見事な時間の稼ぎぶりではございませんか」

「あれのどこをどう見れば、そうなるのか！」

「目で見ているから、理解できないのですわ」

謎めいたことを言うレレイシャ。

しかしその真意を質すより早く、上空での戦況が動いた。

ついにカイ＝レキウスが護国の武神から逃げきれず――

肩口から脇腹まで、胴を斜めに両断されてしまったのだ。

「イヤアアアアアアアアアアアアッ」

「陛下ああああああああああああっ」

ローザが悲鳴を上げ、ジェニが絶叫する。

だがそれでもなお、レレイシャは余裕風を吹かしていた。

その不可解な態度の理由を――ローザたちは遅れて知った。


両断されたカイ＝レキウスの体が、そのまま霞（かすみ）のように消えていったからだ。


「えっ……？」

「な、なんだ……どうなっているんだ……っ？」

「簡単なことです。あれは我が君の本体に非（あら）ず、ただの幻影です」

レレイシャは澄まし顔のまま答えた。

虚構魔術系統の第九階梯――《幻像劇場（フォロメニア）》と。

「つ、つまり、今まで逃げ回っていたのは、カイ＝レキウスじゃなくて、そっくりな幻だったたってこと⁉」

「ええ、そういうことです。理解が速くて助かりますわ、ローザ卿（きょう）」

「しかし効くのか⁉　我々はともかく護国の武神に祀り上げられた王弟陛下に、幻術のような小手先が本当に効くのか⁉」

「ジェニ卿の仰る通り、ただの幻術などすぐに見破られてしまうでしょうね。しかし、第九階梯もの大魔術なら話は別」

我がことのように得意げに、レレイシャが解説した。

「ただ、《幻像劇場（フォロメニア）》を十全に発揮するためには、『短嘯』の起動式を併用し、対象の目元に呼気を当てねばなりません。これが弟君ほどの戦士相手となると、至難の業。そこで我が君は一計を図ったのです。まず《連弾黒縄獄炎波（グラッドサラロス）》ほどの高等魔術を見せ技に使い、腕の動きを弟君に意識させた。その上で左腕を囮（おとり）とし、弟君に敢えて断たせた。その一瞬の間隙を衝（つ）き、短嘯に成功した。我が君は己が有利な状況を作ることにかけて、右に出る者なしと申し上げたでしょう？　全ては我が君の術中ですわ」

「じゃ、じゃあ、本物のカイ＝レキウスはどこに!?」

「見つけた！　あそこだ、騎士ローザ！」

レレイシャが答えるより先に、ジェニが遥か天空を指し示す。

護国の武神が幻像（ニセモノ）を相手に、空中での追いかけっこをしていた――それよりも、もっともっと高い空の一点で、長大な呪文を「詠唱」していた。

「おかげで、たっぷりと時間を稼げましたわね」

レレイシャはすっかり空回りを演じていた護国の武神に対して、冷笑を浮かべる。


その間にもカイ＝レキウスの長い長い詠唱は続く。

そして、天に異変が起きる。

胸が空（す）くほど青かった空が、徐々にその色を変えていく。

黒く黒く染まっていく。

まるで星なき夜空のように変貌していく。

カイ＝レキウスの仕業だ！

永劫の夜（トゥルーブラッド）を統べる者の御業だ！


「あ、あれは、階梯にしていったいいくつなのだ、レレイシャ殿⁉」

「第二十四（にじゅうよん）階梯」

怖（おそ）ろしい事実を、レレイシャはあっさりと、むしろ楽しげに告げた。

その間にもカイ＝レキウスは究極魔術を完成させるために、最後の儀式を行った。

その時ローザも初めて気づいたのだが、彼はその右手に「何か」を捧げ持っていた。

「何か」――断たれた左手だった。

そう、カイ＝レキウスは己が左手をそのまま供物に捧げるように、夜天へと放ったのだ。

「長大な詠唱。及び、己の体の一部を贄（にえ）に捧げる儀式。その二つの起動式が伴ってこそ、第二十四階梯もの究極魔術は完成します」

「す、するとレレイシャ殿、左手を敢えて斬らせたのも最初から陛下の計算のうちだったと⁉」

「全ては我が君の術中ですわ」

レレイシャは得意げに断言した。

ローザとジェニはもはや二の句を継げなかった。

第二十四階梯の究極魔法。

それがどれほどのものか、固唾を呑んで漆黒の空を見つめた。

俺――カイ＝レキウスは、粛々と呪文の「詠唱」を続けた。

「フューラサンクフィーアテトラゼスゼクスセクススィス……」

それは記憶するのも困難な、意味のない音の羅列。

「ウンイェダントレトレススィンコアインピャーチデヴェト……」

それは解明するのも至難だった、異世界の秘密の言葉。

「オーテセットヴォスィミティーンドヴァアヂーンディエチアン……」

俺は半ば瞑想(めいそう)状態に入ることで、ほぼ自動的に詠い、唱える。

「シェフトデスエットフェムペンタセイドゥジリオン……」

修行の果て、その域にまで至らねば、第二十四階梯ほどのものは完成できぬ。

究極魔術とは――神を殺す魔術とはそういうものだ。

そして最後に、断たれた俺自身の左腕を供物に捧げる。

そっと頭上に投じると、後は吸いこまれるように天に蓋する漆黒の穴に消えていく。

そう――「虚(あな)」だ。

地上から見れば、星なき夜空に見えるだろう。

しかし、それは誤りだ。

今、広い広い空を覆い尽くした、この漆黒の夜空と見紛うモノは、世界（ここ）とは違う異世界（どこか）に通ずる、巨大と呼ぶのも烏滸（おこ）がましいほどの規模の、空に開いた「虚（あな）」なのだ。

そして、俺が究極魔法によって開いたその「虚（あな）」の向こう側から、異界の化物がその異形（すがた）を顕現させる。

無作為な数字の羅列――

そうとしか表現しようがない。

まるで曇天から雪が降るように、漆黒の穴からしんしんと数字が降ってくるのだ。

物理法則。森羅万象。そういったものがまるで異なる世界からやってきた、穴の向こう側の住人（やつら）のことは本来、穴のこっち側の住人（おれたち）には決して、決して正しく認識できない。

ゆえに俺たちの脳が自動的に、俺たちに認識できる姿に置き換えるのだ。

それが数字の羅列という異形（バケモノ）なわけだ。

雪のように降る数字の羅列は、やがて勢いを増していく。

幾条もの奔流のように、数字の濁流のようになっていく。

否、数字の触手というべきか？

それらが一斉にアルへと食指を伸ばし、十重二十重に絡めとらんとする。

当然、アルは抗（あらが）った。

「聖剣ケーニヒス」で斬り払おうとした。

しかし、無駄だ。

例えば水を切ること自体は子どもでもできる。

ナマクラでもできる。

しかし、切ったところで何も意味はないだろう？

それと同じだ。

アルほどの武人であっても、ケーニヒスほどの聖剣であっても、斬ること自体は容易にできるが、
そこになんの意味も発生しない。抵抗にならない。

数字の羅列の海に、ただ溺れるだけ。


最古最大にして唯一無二（グレート・オールド・ワン）には、この世界の何人たりと抗えない。


数字の海に溺れたまま、アルは漆黒の空へと引き寄せられていく。

必死にもがきながら「虚（あな）」の向こう側へ呑み込まれていく。

異世界の異形（バケモノ）に捕食されていく。

俺はその様を、無感動に見送った。

意志の力で感情を抑え込まなければ、怒りと悲しみでおかしくなってしまいそうだった。

アル。

我が最愛の弟よ。

生涯最高の友よ。

俺が認め、全てを託すに値した本物の男よ。

今のおまえが、もう俺の知るアルではないとしても。

魂を弄ばれ、護国の鬼に祀り上げられ、もはや人格を喪失した、くだらぬ神格だとしても。

それでも…………許せ。

そして、さらばだ。


俺は最後までじっと、アルを見守った。

「神鎧（ヴェルサリウス）」をまとったその姿が、穴の向こう側に完全に消えるまで。

夜空と見紛う「虚（あな）」が嘘のように消え去り、再び晴天が顕れるまで。

掌（てのひら）に爪が食い込むほど、ずっと右手を握りしめながら。

俺が《天翔（セイクー）》を用いて地上に戻ると、レレイシャたちがわっと駆けつけた。
ジェニだけではなく、ローザの姿もある。
「お見事でした、陛下！」

「さすがは我が君と讃えるべき、見事な魔術師ぶりでございました」

とジェニとレレイシャが、抱きつかんばかりの勢いで迫る。

まあ、待て。

受け止めてやりたいのはやまやまだが、今の俺には左腕がないのでな。

二人いっぺんは無理だ。

俺はそう思ったのだが、二人はおかまいなしだった。

まずレレイシャが率先して、俺の左側からそっと身を寄せてくる。

それを見たジェニがうれしそうに俺の右側に回り、無事な右手で抱擁を求めてくる。

ではローザはと見やれば、「べ、別にそこまでしないから！」とばかり、プイッとそっぽを向いてしまった。

うむ、三者三様で良い。

皆それぞれに、愛でるべき可憐さがある。

俺がそんなことを思っていると、腕の中のジェニがローザを振り返って言った。

「申し訳ないな、騎士ローザ。ここにあなたの居場所はないようだ」

「う、うっさい！　別に要らないわよそんなの！」

「少しは素直になったらどうだ？　陛下に救い出された後のあなたは間違いなく、しおらしい女の顔になっていたぞ」

「はあああああああああ⁉　いつから⁉　どこから見てたのよ⁉」

「あなたが陛下の《瞬避(スレイン)》で地上に脱した時から。空から」

「つまり、あんたがペガサスの鞍上でガクブル震えてた時ってこと⁉」

「そ、それは言うなっ」

うん……良いな。

……愛でるべき元気がある。


しかし、娘たちを愛でるのは後だ。

俺もいつまでも呆(あき)れてはいられない。

なすべきことがある。

俺はレレイシャたちを侍(はべ)らせたまま、すっと視線を移動させた。

最前からじっと這(は)いつくばっていた――ナターリャへと。

既に人の姿に戻り、しかし裂けた衣服は戻らず、半裸状態で叩頭拝跪(こうとうはいき)していた。

「おみそれいたしました、陛下！　カイ＝レキウス〝統一王〟陛下‼」

俺の視線に気づいたナターリャが、平伏したまま言上する。

こいつの魔術の程度では、《斬呪(ガブラス)》で裂いた口角の傷が癒えきっていないのだろう。口調はぎくしゃくしたものだった。

ナターリャはその生乾きの傷から再び流血するのも構わず、叫ぶように訴え続けた。

「このナスタリア伯ナターリャ、御身に盾突いた不明を、僭越(せんえつ)を今、心より猛省してございまするっ。

本来は万死に値する大逆なれど、どうか寛大無比で高名なる陛下のご厚情を賜りたく存じまする!!」

まあ、清々しいほどの命乞いぶりだ。

貴族という生まれながらに特権を与えられ、育った者の本性だ。浅ましさだ。

「よくぞ俺の弟を、護国の鬼として使役してくれたな?」

俺は赦(ゆる)すとも赦さぬとも言わず、下問した。

「それもまた僭越、愚行と今、猛省しておりまするっ。しかし申し開きをさせていただきますれば、アル＝シオン陛下の御骨(おんほね)を拝領し、帝国存亡の折には御霊(ごりょう)のご降臨を願い、御国(みくに)の敵を討つべしというのは、我ら帝国領主の骨の髄まで叩き込まれた国訓にございまする。半ば反射的な行為でございますれば、平にご寛恕(かんじょ)をっ」

だから許してくれと、ナターリャは重ねて哀願する。

「ふむ。つまりは貴様ら帝国領主とやらの全員が、アルの遺骨を持っているのだな？　アルの魂を縛りつけ、戦に使役できるのだな？」

「ははーッ。仰(おお)せの通りにございまするっ」

「……そうか……」

大陸には二百余州が存在し、人骨は全部で二百余本が存在すること。

人の魂を護国の神として祀り上げるには、大規模な儀式魔術が必要であること。

それらのことから、予測はついていたが……な。

いざ事実として聞かされると、あまりに度し難い話ではないか！

「ナターリャとやら」

「は、はい、陛下！」

俺は目でレレイシャたちに離れるよう指示すると、叩頭拝跪するナターリャに歩み寄る。

名を呼ばれ、うれしそうに面(おもて)を上げたナターリャの、その長い髪をむんずとつかみ上げて力ずくで立たせる。

「ひっ。ご、ご無体をっ」

「囀るな」

俺は押し殺した声で命じると、そのままナターリャの汚い首に牙を立てた。

嫌悪感を堪え、思いきり血を啜った。

「わ、妾(わたくし)めにも寵愛をくださいますので⁉」

間抜け。

そんなわけがあるか。

吸血鬼は、他者を吸血鬼にできる。

一つは貴族種(ノーブル)以上の吸血鬼が、己の血を与えた場合。

もう一つは、他者の血を底まで吸い尽くした場合。

ただし後者で生まれる吸血鬼は、人格の剥落した傀儡(くぐつ)の如き劣等種(レッサー)となる。

ナターリャ！

貴様のような貴族(でく)にはお似合いだ！

「お、おやめください、陛下！　お慈悲を！　どうかお慈悲を!!　せめて普通の死を賜りくださいいいいいいいいいいいいイヤアアアアアアアアアアッッッ」

ナターリャも俺の意図に気づいたのだろう。

半狂乱になって暴れた。

しかし蛇女（ラミアー）風情では、吸血鬼の真祖（トゥルーブラッド）の怪力には抗えなかった。

俺が貴様を傀儡人形として、何百年と戦で使役してやるゆえ猛省せよ。

魂の尊厳を踏みにじられたアルの気持ち、如何ほどのものか貴様も味わえ、ナターリャ!!


愚物の処理が終わった後、俺は前世からのつき合いである腹心に言った。

「聞いたな、レレイシャ？」

「はい、我が君。弟君の遺骨を持つ者どもが、帝国にはまだ無数に蔓延（はびこ）っているなどと到底、赦してはおけませんわ」

「帝国を滅ぼす理由が、また一つできたな」

「お供いたします、我が君」

「わ、私も微力ながら、粉骨砕身お仕えします！」

レレイシャが恭しく頭を垂れ、ジェニが意気込みを見せた。

それから二人は、所在無げにしていたローザを振り返る。

「あなたはどうするのだ、ローザ？」

「もう決めてる。ただ勢いとはいえ、早まっちゃったかなと後悔してるだけ」

俺の血を求め、契り、俺の眷属となったことを言っているのだろう。

またローザが吸血鬼化していることは、既にレレイシャやジェニも気づいている様子だ。この二人ほど心得のある者ならば、霊力を見れば人間かどうかくらいすぐわかるしな。

「往生際が悪いですわよ、ローザ卿」

「あなたは都落ちを余儀なくされた騎士で、頼みのナスタリアにも裏切られた。もはや帝国にあなたの居場所はあるまい」

「わ、わかってるわよっ。それに実際、帝国だの貴族だのいう連中に愛想も尽きたしね」

ローザは強がりながらも、その瞳は不安げに揺れていた。

その潤んだ目を、俺におずおずと向けながら訊ねてきた。

「あ、あたしは何度もあんたと敵対した。そのあたしを赦して、迎え入れてくれるわけ？」

「赦そう。俺はおまえのことは気に入っているゆえ、な」

でなければ、誰が血を与えるものか。俺からすれば今さらにもすぎる話だが、しかしちゃんと言葉にしてやらねばならぬことはある。

俺はさらに両手を広げて、歓迎の意を表した。

そう、両手でだ。アルに斬られた左腕は、すっかり再生していた。

ナターリャの血を吸い尽くしたことで、大量の霊力を奪った結果だ。

「ほとほとデタラメよね、吸血鬼って！」

「あなたもだぞ、吸血騎士ローザ」

「う、うっさい言葉の綾でしょジェニ！」

他愛のない口喧嘩をしながらローザが再生した俺の左腕をとり、ジェニが右腕に抱きつく。

「まあ、おかげでひどい目に遭ったがな。あの女の血は本当に臭かった。腐臭がした」

怒りに任せての行為でなければ、とてもではないが吸血行為を完遂できなかったであろう。

「あらあら、でしたらお口直しが必要ですわね、我が君」

「ぜひこのジェニの血をご堪能くださいませ！」

「ふむ……ならば口直しさせてもらおうか」

「ですってよ、ローザ卿。ぼんやりしていてよろしいのですか？」

「ハァ？　どういう意味よ？」

「我が君の元に降るとなった以上は、ジェニ卿にばかり寵愛を奪われては、困ることになるのはローザ卿ですよ？」

「べっっっ、別にあたし騎士だし寵愛なんて要らないし！　戦場で武勲立てるだけだし！」

「まあまあ、意地っ張りな人ですこと」

「騎士ローザはこれでよいのです、レレイシャ殿。陛下には私の血をいくらでも捧げますゆえ」

「べっっっ、別に血をあげないとは言ってないしっ。助けてくれたお礼をするくらいの分別はわきまえてるしっ」

「とかなんとか言って、陛下の寵を授かる快楽が忘れられないのだろう、すけべローザ」

「すけべはあんたでしょう、ジェニ！」

ガミガミと言い合うローザとジェニ。

「こんなことでやっていけるのかしら」

とばかり、額に手を当てるレレイシャ。

しかし、俺はといえば——

「フッ……。クク……ククク……」

二人のやりとりに滑稽味を感じて、思わず笑ってしまっていた。

ナターリャがアルの魂を使役したことで激怒させられて以来、ずっとどこか強張っていたような顔が、愛らしい娘たちのおかげでようやく緩んだ。

「では、遠慮なくいただこうか——」

そのまま両の腕でローザとジェニを抱き寄せ、俺は二人の首筋へ交互に牙を立てた。

エピローグ

ダグラカン地方・アルルカ州・同大都郊外。

モーンスバーン侯爵率いる十万の大軍が合戦していた。

決戦をしていた。

敵は〝カイ＝レキウス軍〟、あるいは〝夜の軍団〟を僭称する賊軍だ。

帝国最西領であるアーカス州にて武装蜂起をするや、その火の手を周辺州へまで広げ、瞬く間にヴェストエス一地方を呑み込むに至った。

アーカス州領主ナスタリア伯爵は当然、ヴェストエス地方総督ヴェールルヅ侯爵ら大貴族たちは尽く、敵の首魁である吸血鬼に隷属させられてしまった。

まさに帝国開闢以来の大事変。大問題。

あまつさえ賊軍はヴェストエス地方を支配下に置いた余勢を駆って、隣接するこのダグラカン地方まで侵略してきたのである。

始祖カリス帝よりこの地を賜り、よくよく治めよと勅命を受けたモーンスバーン侯爵家としては必ず死守——否、賊軍を返り討ちとし、撃滅するのは義務である。

侯爵は早速、麾下七州の領主たちに召集令を発し、これだけの大軍勢を動員したという経緯だった。

そして、これだけの大軍勢を動員してなお、劣勢に追いやられていた。

「あれはなんだ！　あいつらはなんだあああああ⁉」

我軍最後方――最も安全な本陣で、モーンスバーン侯爵はわめき散らす。

丘に陣取ったその帷幕(いばく)からは、戦場全体がよく見回せた。

賊軍が使役する〝怪物〟どもの姿が、暴威が、これでもかと目に入った。

例えば、両腕から電光を迸(ほとばし)らせる無貌の巨人。

例えば、熱線のブレスを掃射する鋼鉄の魔竜。

例えば、天を翔け、竜巻を起こす四翼の怪鳥。

例えば、移動する底なし沼めいた異形の化物。

そいつら一体一体が、数万の軍勢に匹敵しよう戦闘力を発揮していた。

一騎当千どころの話ではない。

そいつらたった四体が暴れるだけで、侯爵が集めた十万の大軍が蹂躙(じゅうりん)されていた。

賊軍の数自体は、わずか二万程度の寡兵だというのに！

「帝都魔道院の報(しら)せによれば、三百年前の大戦時によく用いられた軍用ゴーレムだとか……」

「そんな話は聞きとうないわ！　たかがゴーレムに、我が軍は為す術ないではないか！」

軍師として据えたベロキア伯爵の報告に、侯爵はわめき返す。

その間も四体の敵ゴーレムは暴れ回り、丘の麓に布陣した侯爵軍のあちこちが燃え上がる。

その巨大な炎に炙(あぶ)られ、夜の空が明け明けと照らされる。

そう、今は夜だった。

賊軍は〝夜の軍団〟を僭称するだけあり、夜間にしか攻めてこないのだ。

実際面での理由もある。

「敵右翼！　吸血鬼部隊、来ます！」

本陣に舞い戻った伝令が、半ば悲鳴となって報告する。

カイ＝レキウスと名乗る敵の首魁(しゅかい)は、数百匹の吸血鬼劣等種(レッサーヴァンパイア)を隷従させ、一部隊として運用する。

レッサーヴァンパイアは陽光を長く浴びると灰になってしまうため、賊軍は昼間の軍事行動をとらないというわけだ。

そして吸血鬼部隊はこちらの兵の血を吸い尽くし、新たなレッサーヴァンパイアを生み出す。

そうなったらもう終わりだ。

帝国への忠誠も恩義も忘れて、敵首魁の木偶(でく)人形となってしまう。

吸血鬼部隊にはナスタリア伯爵やウェールヅ侯爵をはじめとした、ヴェストエス地方に領地を拝領した大貴族たちが大勢属しているという話だった。

つまりはここで賊軍に敗れれば、モーンスバーン侯爵らもまた憐(あわ)れ吸血鬼と堕す宿命だということになる。

そんな末路はゴメンだった。

死んだ方がマシだった。

絶対に負けられない戦いがここにあった。

「魔道士部隊に迎撃させろ！　なんのために高い給金を払って、飼ってやっていたと思っておるか！　我ら大貴族への日頃の恩、今こそ命懸けで報いてみせよ！」

「は、はい、侯爵閣下っ。しかし――」

「しかし、何だ⁉　早く言えい！」

「もう遅きに失しております！　敵ヴァルキリーズが来ます！」

「なんだとぉ⁉」

ベロキア伯爵が夜天を指した。

侯爵は釣られて仰ぎ見た。

漆黒の空を斬り裂いて、六の白い騎影が天翔ける。

煌びやかな武具と鎧を帯びた、天馬の駆り手どもだ。

夜闇に呑まれぬその眩い輝きは、強い霊力を帯びた魔法の武具の証だ。

しかも六騎全員、見目麗しい娘たちで、敵首魁の寵姫だという。

「〝夜の軍団〟にローザあり！　筆頭騎士の武威、あんたたちの身を以って知りなさい！」

「なんの！　カイ＝レキウス陛下の一の騎士とはこのジェニのことだ！」

「だまされないで！　陛下の寵愛も最強騎士の武名も、どちらもメイリア・クルツのもの！」

ヴァルキリーズと呼ばれる敵ペガサスライダーどもが、次々と威勢よく名乗りを上げていく。

そのまま急降下して、侯爵の兵たちを蹂躙していく。

ただでさえゴーレムどもや吸血鬼部隊だけでも、手がつけられないというのに！

「こうなればもはや……護国の神にご降臨願うしかない」

モーンスバーン侯爵は、譜代の側近を振り返った。

絹布で包んだ何かを、恭しく捧げ持っていた。

中身は骨だ。人骨の中でも特に大きな、右大腿骨だ。

「よこせっ」

と侯爵が乱暴にひったくった声と、

「カイ＝レキウスが来るぞ、カイ＝レキウスが来るぞ♪」

と女の歌声が突如聞こえたのは、同時だった。

「な、なんだ⁉　誰だ⁉」

「おまえをとって喰らいに、カイ＝レキウスがやって来るぞ♪」

侯爵の誰何を無視して、その女は歌い続ける。

怖ろしく整った美貌の女だった。

最精鋭で固めた侯爵の本陣を、まるで無人の野の如く歩いてくる。

忠義者どもが誰も、その闖入者を阻もうとしない。

それどころか、まるで見えない何かに縛られているかのように動けないでいる。

「悪い領主はいないか？　笠に着る兵士や役人はいないか？　みんな、みーんなとって喰らうぞ、カイ＝レキウスがとって喰らうぞ♪」

　そんな異様な光景の中を、美女が歌いながら歩いてくる！

「ええい、面妖な！　名乗れ、魔女！　無礼であるぞ‼」

「あらあら、無礼は果たしてどちらでしょうか？」

「何ぃ⁉」

「我が君の御前ですわよ？　平伏しなさいな」

　美女がそう命じるが早いか――その影から、無数の何かが噴き出した。

　コウモリだ！

　数えきれぬほどのコウモリだ！

　そいつらが寄り集まって、融合し、人の姿へと化けていく。

　吸血鬼の王が顕現する！

「選べ。今すぐにアルの骨を俺に差し出し、尋常の死を賜るか。あるいはこの俺の怒りに触れ、劣等種と堕す末路を歩むか。二つに一つ――さあ、どうする？」

あとがき

皆様はじめまして、福山松江と申します。

子供の時に学校の図書室で『ロードス島戦記』と出会い、バグナードという男の強烈な魅力に惹かれました。魔術に取り憑かれ、魔術を極めるために、永劫の存在である吸血鬼ノーライフキングに転生した彼は、恐ろしく格好良いモチーフとして私の心に刻まれました。

本作『魔術の果てを求める大魔術師』は、私が格好良いと思うモチーフをとにかくたくさん詰め込んで、ごった煮にした属性過多な作品を、恥ずかしげもなく書いてみたいと思って書き始めたものです。

それを投稿作に仕上げましたところ、幸運にも「第一回ドリコムメディア大賞」で銀賞をいただき、こうして上梓することが叶いました。

ライトノベルの何がしかの賞を獲得するのは子供のころからの私の夢で、しかも第一回目なんていう記念すべき賞をいただくことができて、受賞のご連絡をいただいた時の喜びはきっと一生忘れないと思います。

審査に携わった全ての方々に、この場を借りてお礼申し上げます。

また本作を上梓するに当たり、改稿のご指導をしてくださいました担当編集の小原様、そして雰囲気たっぷりのカバーイラストを始め、私の格好良いをたっぷり詰め込んだカイ＝レキウスたちに、さらに素晴らしく格好良い姿形を与えてくださったイラストレーターのGenyaky先生。お二人のお力添え、感謝に堪えません。

何より本作を手に取ってくださった読者の皆様へ――本当にありがとうございます。

私が恥ずかしげもなく詰め込んだ格好良いの数々を、鷹揚のお心でご笑読いただけますと幸いです。そして願わくば、「わかる！」とご共感くだされば、これに勝る幸いはございません。

二巻でもお会いできますことを、心からお祈り申し上げます。

福山松江　拝

DRE NOVELS

魔術の果てを求める大魔術師
～魔道を極めた俺が三百年後の技術革新を期待して転生したら、哀しくなるほど退化していた……～

2023年3月10日　初版第一刷発行

著者　福山松江

発行者　宮崎誠司

発行所　株式会社ドリコム
〒141-6019　東京都品川区大崎2-1-1
TEL　050-3101-9968

発売元　株式会社星雲社（共同出版社・流通責任出版社）
〒112-0005　東京都文京区水道1-3-30
TEL　03-3868-3275

担当編集　小原豪

装丁　AFTERGLOW

印刷所　図書印刷株式会社

Printed in Japan
ISBN978-4-434-31705-7

ファンレター、作品のご感想をお待ちしております。
右の QR コードから専用フォームにアクセスし、作品と宛先を入力の上、コメントをお寄せ下さい。
※アクセスの際に発生する通信費等はご負担ください。

余命半年と宣告されたので、死ぬ気で『光魔法』を覚えて呪いを解こうと思います。Ⅱ
～呪われ王子のやり治し～

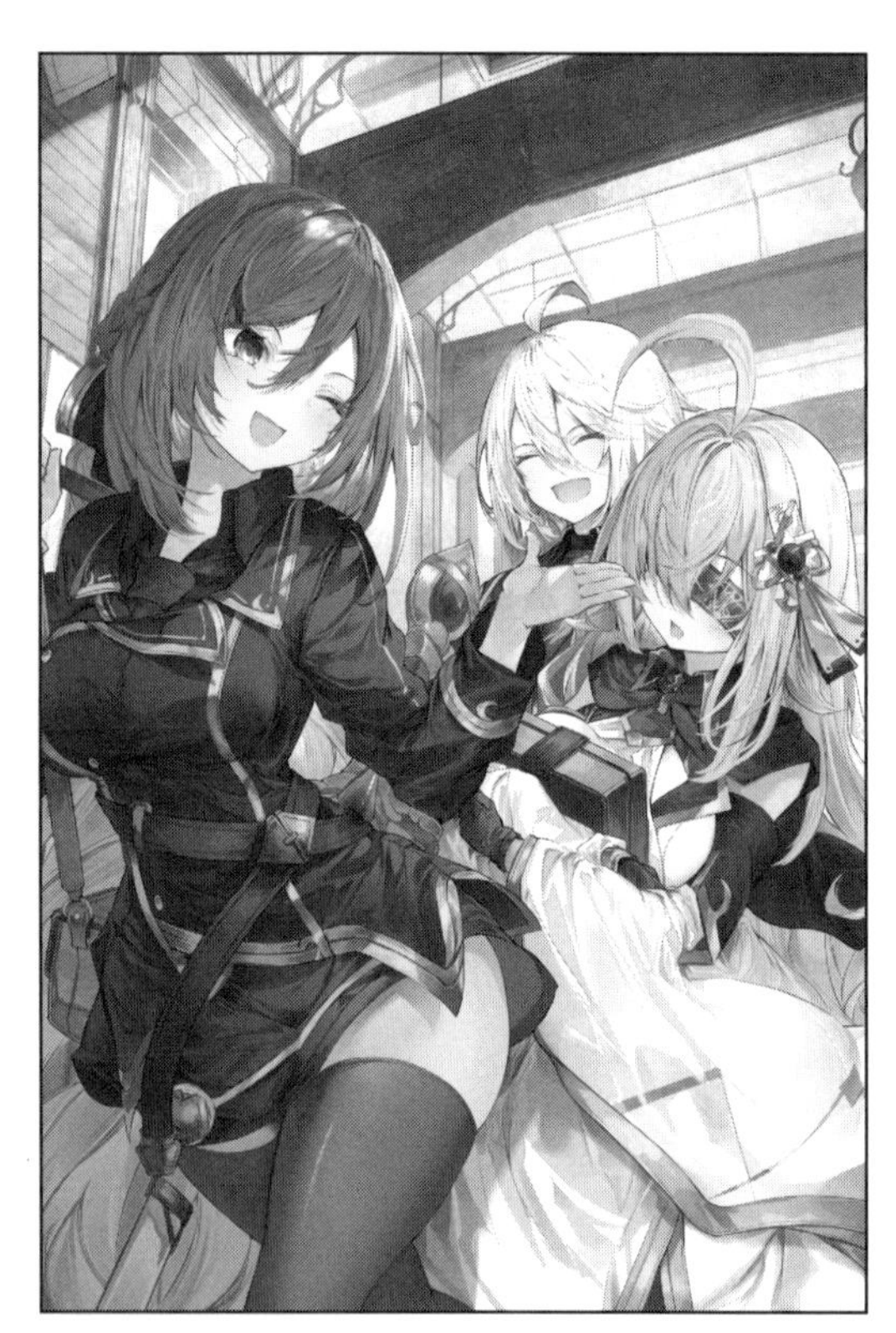

熊乃げん骨
［イラスト］ファルまろ

　ゴーリィのもとで光魔法を極めること五年。大きく成長したカルスは、自分の体を蝕む『呪い』を解く手がかりを求めて魔法学園レミティシアに入学する。剣聖の娘クリスとの再会、時計塔に引きこもる少女、光の力を持つ『聖女』……学園でさまざまな人と触れ合い、さらに目まぐるしく成長を遂げるカルスは学園の地下迷宮に眠る『月の魔法使い』との出会いをきっかけに、彼の左胸に宿る呪いの真実へまた一歩近づく――。

「私の封印を解いてくれたのなら……その体の中にある『異物』、完全に取り除いてやろう」

　呪いと祝福に包まれた少年が歩む優しい英雄譚2弾!

DRE NOVELS

薬師の魔女ですが、なぜか副業で離婚代行しています2

小鳩子鈴
［イラスト］珠梨やすゆき

「魔女の集まりに行くんだろう、俺も行く」「はあ？」

　定期的に開催される〝魔女の集会〟に久しぶりに顔を出すことになった魔女カーラ。その話を聞きつけたセインは、なぜか同行を申し出てきたのだが、その理由は彼の魔女嫌いの原因ともなった『先読みの魔女』に関係があるようで……？　渋々ながらもセインと同行することになったカーラだが、またしても思わぬ形で離婚代行依頼が舞い込み――!?

「先読みの魔女に会う条件は、アンジェの顧客の離婚を手伝うこと」

　騎士が苦手な魔女と魔女が嫌いな騎士の二人が送る、おしごと（離婚代行）×ケンカップルファンタジー第2弾！

DRE NOVELS